說妖

Legend Has It

卷一

無明長夜

臺北地方異聞工作室——著

Nofi——插畫

說妖

卷一 無明長夜

目次

無明長夜

《大乘義章》卷四云：「言無明者，痴暗之心，體無慧明，故曰無明。」

無明者，不識眞相，陷於迷障，故起諸多煩惱，生貪嗔痴，使人無法掙脫輪迴……

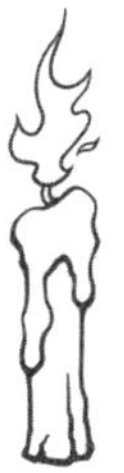

第一章

太荒謬了。

這世上怎麼會有妖怪存在？

鐵木・哈勇相信，其他七個人在這個瞬間以前，一定是這麼想的。就算他們身處在與世隔絕的異空間，窗外是永遠的黑夜，從未出面的神祕主辦人聲稱輪流說故事能召喚妖怪，他們仍舊半信半疑，直到現在，他們才像忽然回神一般，懂得害怕；不過不怪他們，因爲就連鐵木自己，在看到那副景象的時候，也要冷不防發顫，全身起雞皮疙瘩。

就像在用手電筒在黑暗中摸索，恐怖的事物忽然躍入視線，在半空中忽然出現一個穿著破爛紅衣、戴紅帽的小女孩。他們抬起頭，就像心臟被捏著，連呼吸都忘了。小女孩環顧八人，臉上浮現微笑——但不是親近的笑，而是發現好玩東西，像貓見到老鼠的笑。

小女孩消失了。那太生動了，不可能是什麼立體投影之類的東西。這詭異的景象深深烙印在每個人的腦海。狹窄的房間裡明明有八個人，卻比深夜的林子還要安靜，只聽得到彼此粗重的呼吸。

桌上燭火閃動，在每個人的臉上留下紋面般的黑影。

「……剛剛那是什麼？」

有人問，卻沒有人可以回答。眾人面面相覷，恐懼從壓抑的面孔底下滲了出來，煙霧般瀰漫整個空間。坐在鐵木右側的女子摀住嘴巴，倒抽了一口氣；穿著高中制服的少女不住顫抖，失手將書本掉到了地上；只有一名戴眼鏡的男人站起身，有些遲鈍地問：「那是變魔術？立體投影？」

「這裡根本沒有投影器材好嗎！」高中少女像要鼓起勇氣，大聲反駁。

「但是怎麼可能憑空消失？那不然是……鬧鬼？」

男子呆若木雞，忽然彈起身往後退，卻被自己的椅子絆倒，「碰」地好大一聲；他一屁股跌坐在地，手撐著地板把屁股往後挪，直到牆邊為止，看起來十分滑稽，但沒人有心情取笑他。

鐵木看在眼裡，只覺得可憐。想說些什麼安慰，卻也組織不出詞句來。

「鬧鬼？別開玩笑了。」

說話的是一名神色輕浮的男子。他顯然很享受房間裡混亂的氛圍，說話的語氣不自覺上揚。他對戴眼鏡男人的話嗤之以鼻，態度像是有人不知道太陽是從東邊出來似的。

「那是精怪，別跟人死後變成的鬼混爲一談！」他說。

他知道？

鐵木看向那名男子。男子身穿藍色休閒襯衫，整排釦子一顆也沒扣，看來二十幾歲，給人一種隨便的感覺。鐵木記得他的名字叫作陳浩平，據說是林務局的公務員，但他的輕浮態度，讓人不禁懷疑他怎麼還沒有因爲民眾投訴而被彈劾離職。

鐵木一直以爲自己接觸神怪的經驗算是相當特殊，但陳浩平這麼篤定的態度，讓他重新審視這件事，也許，這裡的其他人也有跟他類似的經歷。

這就是他們會被找來這裡的原因？

撇開這點不談，在陳浩平說那不是鬼之前，鐵木便分析起方才他們看見的「東西」。如果眞如那位未現身的主辦人所說，妖怪是因「故事」而生，那麼從剛才他們每個人說的故事聯想，加上小女孩的紅衣、紅帽——平溪、宜蘭等地都有類似的說法——他想到一種精怪。

「那是魔神仔，一種會引誘人走進山林裡失蹤的精怪。」

陳浩平看了鐵木一眼。

「沒錯，是魔神仔。你也知道？」

「稍微有些研究。」

他點點頭，很滿意的樣子。

「果然還是有明事理的人呢。」

「這很重要嗎？」高中生模樣的少女大聲說，「說什麼明事理，現在有更重要的問題吧！我們眞的靠說故事召喚出『妖怪』了，但接下來呢？剛剛的魔神仔又到哪去了？要是祂們不受控制、作祟害人，我們可能會死啊！」

她的語氣相當尖銳，鐵木看得出來她是打算藉由銳利的對話釋放自己的恐懼。雖然如此，她也確實幫在座其他人問出了心中的疑問。

他們會死嗎？

即使受控制，妖怪仍可能害人。規則上所謂的「撐到最後一人」，會是指這種殺戮遊戲嗎？那他必須小心眼前的這個男人，鐵木心想。他從陳浩平身上感覺到一股危險的氣息，所有人當中，他似乎是最不顧他人死活的人，偏偏第一隻妖怪是被他給召喚出來。

陳浩平嘴角掀起笑容，那是躍躍欲試的笑。

「妳想知道魔神仔在哪?有沒有受控制?」

他想做什麼?鐵木繃緊神經。陳浩平環顧剩下七人,像在享受他們緊張的表情。他停下來,緩緩伸出一隻手指,指著戴眼鏡的男人——

「怎麼了?你幹嘛指著我?」男人縮著肩膀問。

「魔神仔在這邊。」

戴眼鏡的男人整個彈了起來,連忙轉頭看身後牆壁,卻什麼也沒有看見。

「沒、沒有啊!你別開玩笑了!」

男子聲音顫抖,持續盯著牆壁,像要避開什麼不祥的東西,戒慎恐懼地退往桌子的方向。誰知道他一轉身,就立刻發出殺豬般的慘叫,向後彈飛,重重撞在牆上;原來魔神仔已出現在他正前方!男子喊著「不要過來」,但抵著牆,退無可退,呼吸急促到讓人害怕他就快要昏厥。小女孩伸出手,像要安慰他,又像要將他的頭扭斷;鐵木忍不住站起身,想著要怎麼阻止魔神仔,但陳浩平臉上幸災樂禍的神情,彷彿對「誰也阻止不了他」這件事有著充分把握……

□

兩個小時前，鐵木還沒捲入這場詭異的儀式。

那時的他，正身處狂風暴雨的中心，爲了生存而奮鬥著——是物理上、眞正意義的狂風暴雨。

剛走上八里灣山山道時，鐵木怎麼也想不到事情會變得如此嚴重；今天八里灣山的天氣確實不是很好。蒼白天空塡滿了稀薄的雲，給山裡景色蒙上了一層灰。灰色的綠、灰色的白、灰色的藍、灰色的棕，融合在一起成爲一種骯髒的顏色，讓人心情愉快不起來。

他走在這種景色裡，腳步沉甸甸的，像是拖著石頭般緩緩前進。

八里灣山在阿美族語中又稱爲「吉拉雅山」，是阿美族人的發祥之地，也是阿美族人的聖山。鐵木是政大宗教所的學生，此行，雖有著考察的美名，但他心中藏著不爲人知的企圖，這才是他眞正的目的——

他想找「惡靈」。

這並非某種迷信者的狂熱，也不是什麼獵奇的民俗探險；而是全力投注執念的心願。可以說，鐵木此刻的人生就是爲了這個目的而存在，除去了這一點，就等於把他過去的人生全部抹煞。

事情開始於他八歲的夏天。

即使已是十幾年前的事，他依然記得那天的天氣，彷彿隨時能感受到照在肌膚上的溫度。艷陽像金色獵刀，割開滿山樹葉，熱辣辣地澆在他跟哥哥身上。記憶中，哥哥的背影是這麼高大，黑到發亮的皮膚，有著夏天泥土中的香氣。他跟著哥哥在山裡面跑，經過溪流與瀑布，深入他們部落禁止進入的地方。

他們只是感到好玩而已。

但哥哥再也沒回來。

他知道一定是他們觸犯禁忌，哥哥才被「惡靈」帶走。但是，爲何自己活下來了？於是他投入大量精神，走訪不同部落的耆老，想找到與惡靈溝通、互動的辦法，甚至不是族裡的傳統也沒關係！最後，他成爲宗教研究所的研究生，但空有知識，從來沒有眞正見過惡靈。

即使如此，他也還沒放棄希望。

即使是愚不可及的希望。

天空開始飄起雨來。原本稀薄的雲逐漸匯聚成黑色烏雲，眼看就要變成狂風暴雨。鐵木走在泥濘山道上，一路上沒有見到任何一個同行的登山人。原因他其實很清楚，根據天氣預報，再過幾小時，颱風就要在花蓮附近登陸，明智的登山客絕對不會選擇這種日子上山。

但鐵木是故意這麼做的。

讓自己身處在可能遭逢妖魔鬼怪的危險中，這便是他的計畫。就算遇到的妖魔不是抓走哥哥的惡靈，或許也知道該怎麼找到那個惡靈，最少，只要證明超自然事物眞的存在，他這十幾年便不是完全荒廢，還有一絲希望。

他不打算尋死，因此裝備很齊全，食物和飲水也都準備得相當充足。原本他的計畫是在山上過上一夜，等到隔天颱風過去再下山。沒想到人算不如天算，突來的暴雨讓溪水暴漲，他在過橋時不愼失足，便這麼跌入水中。

登山背包吸了水之後變得更重，鐵木只能從活命與保存行囊兩者間做出選擇。於是，他的裝備被暴漲的溪水給沖走，等到他好不容易掙扎著上岸時，全身上下只剩口袋裡因爲受潮而無法運作的手機了。而他被溪流往下游帶了好幾公里，早已迷了路。天色逐漸暗下來，他只得找個地方躲雨，等待天明。

當他身處暴雨中心，濕透沾黏在身上的衣物逐漸奪走體溫時，原本想要與惡靈相遇的決心，也隨著逐漸消散的意識緩緩溜走。

為什麼要為了一個或許早已死去的幻影做到這種地步？

其實他自己內心清楚，這件事早已與哥哥無關，而是攸關自己。

並不是說他不願意拯救哥哥。如果哥哥眞的存在，且是被惡靈帶走，他當然要把哥哥帶回來。但若哥哥「不存在」……

除了自己的記憶以外，已經沒有任何哥哥存在的證據。

如果哥哥只是他的幻想，那他從小到大面臨的所有人生選擇，不就毫無意義了？那到底算什麼！

就算不是惡靈，只要任何一個妖魔鬼怪是眞實的，哥哥便可能是眞實的，這才是他想與妖魔鬼怪相遇的眞正原因。

然而面臨可能死亡的困境，他疑惑了。

也許他不用做到這種地步。也許他應該接受事實，他的哥哥只是他幻想出來，為了排解幼年時父親家暴所造成的精神壓力的幻影。然後成為平凡眾生，好好過日子。否定自己從前的人生又怎麼樣，這個世界上，因一念之差而走上錯路的人還少了嗎？至少他很幸運，還有機會可以挽回。

正當他即將在無法停止的自問與懷疑中失去意識的前一刻，他的手機震動起來，發出響亮的鈴聲。

意識模糊的他根本沒有發覺，一支被水浸濕而無法開機的手機，根本不該發出聲響。他拿起手機，漆黑的螢幕上亮著一行字，他甚至還沒解鎖，也沒看到自己的手機桌面。

「想知道你哥哥發生什麼事了嗎？」

鐵木神智瞬間清楚，這或許是腎上腺素的力量。這行字是什麼意思？

螢幕換了一行字。

「參加『說妖』儀式，你就有機會實現願望。你要參加『說妖』儀式嗎？」

下面有「同意」、「不同意」兩個選項。

暴雨聲讓他腦中一片空白，雨水流過螢幕，慘白的發光文字在水漬中凝結為流動著的白光，有如鬼火。鐵木粗重地呼吸著，指尖因為失溫而缺乏觸覺，這是死前幻覺嗎？他有些害怕。

但他沒花多少時間猶豫，按下了「同意」。

暴雨依舊下著。

黑暗與風聲吞沒了他。鐵木雙手緊緊握住手機，彷彿它是最後的希望。他隱約感到自己爬起來，那像是他的行動，又不像是他的。他好像在遠處看著自己，親眼看著自己隱沒在黑暗裡。他的意識消滅在黑暗中。

□

接著他回過神。

剛剛的風雨像幻覺般消失了，他發現自己出現在「室內」，這是看起來極爲平凡的房子，除了他以外，房裡還有兩男兩女，或站或坐。電燈閃爍，不規則的頻率把四個人的面孔照得像是廉價的恐怖電影。

鐵木有些手足無措。

前一刻還在狂風暴雨中，現在看到人，鐵木卻高興不起來，因爲這實在是太古怪了！而且，這空間也有種說不出的不對勁，白色斑駁的水泥牆、綠白相間的洗石子地磚、毛玻璃花窗，雖然是熟悉的風景，但地上鋪滿報紙，神壇上居然沒有神像，還有一張與整個空間格格不入的華麗風格大圓桌，圍繞著圓桌東倒西歪的家具，都令他感到不諧調。

「又有人來了。」四人中的少女說。她腿上放著某女中的書包，雙手拿著一本顯然不是課本的課外書，看來像是高中生。話一說完，她低下頭，又繼續閱讀手中的書。

其餘三人看向鐵木。被三雙眼睛盯著，鐵木得要極力克制，才忍住想要逃跑的衝動。

「你們是誰？這裡又是哪裡？」

「要是我們知道這裡是哪裡就好囉。」一名男子冷笑。

「是你們傳訊息到我的手機裡？那個說妖的邀請……」

「你是收到簡訊過來的？」另一名男子說。他穿著整潔襯衫，下襬紮進西裝褲裡，脖子上繫著領帶。他推了推他的粗框眼鏡，「我是點擊電腦上跳出來的視窗過來的，我也不清楚自己是怎麼到達這裡……」

「你誤會了，我們不是邀請你的人。我們也是被邀請來的。」女人微笑回答，話才剛說完，她忽然臉色微變。「天啊，你怎麼全身溼透了？你在發抖，嘴唇也好紫，這是失溫現象……不行！我必須請你立刻到浴室換件乾衣服，最好再沖個澡。你知道這樣會死人的嗎？你有帶乾淨的衣服嗎？」

面對女人連珠炮似的提問，鐵木這才想起自己看起來有多狼狽。他全身濕透，身體也僵硬到不行。鐵木搖搖頭，表示沒帶衣服。

「把衣服脫下來！」

「咦？」

「脫下來，然後進到浴室，我幫你把衣服弄乾，快點！」

女人氣勢驚人。看著她母親般憐惜的神情──雖然她沒這麼老，事實上，她不會比自己大多少──鐵木照著她的話做。多虧了她，鐵木原本懸在半空的不安才逐漸緩解下來。

浴室也和外面的空間一樣，給人一種日常的詭異感。

馬桶、洗手台、淋浴間和浴缸，全擠在這個狹小的空間中，無所謂乾溼分離，浴缸甚至因爲堆滿雜物而無法使用。鏡子因爲不明的原因裂成了好幾塊，反射出好幾個自己的倒影。

門外傳來「嗡嗡」的運轉聲。女人似乎眞的正在替他把自己的衣服吹乾。他有些感動。

他發現身上多了好幾道傷口，大腿內側也有好大一片瘀青。摸了摸眼角的傷，吃痛地倒抽一口氣。

他把紮起的頭髮放下來，拉起脖子上的項鍊。

那是個由皮繩繫著的圓形鐵環，仔細看，似乎是那種在工地隨處可見的圓鐵片，因打磨而顯得光滑。他握了一會圓環，讓自己的體溫滲透進圓環裡。

這個圓環，是哥哥存在的唯一證明。是失蹤前送給鐵木的玩具。

「想知道你哥哥發生什麼事了嗎？」

他想起手機螢幕上的畫面。現在發生在他身上的事，怎麼想也不正常，但他並不害怕。這是否就是「遇上惡靈」呢？發生在這裡的一切，會不會只是惡靈帶來的幻覺，其實真正的自己還在山上等死？如果真是如此……

那也沒關係。這表示他更加接近哥哥。哥哥確實是存在的。

他深吸口氣，珍而重之地將圓環解下。

走進淋浴間，轉開水龍頭。原本害怕這裡不會有水，還好是他多慮了。雖然水流很弱，水溫也不穩，但汩汩熱水卻像是擁有靈魂，讓他覺得好像活了過來。

簡單梳洗後，鐵木從浴室走出來。用桌上放著的吹風機將頭髮吹乾，本想順便吹乾褲子，然而吹風機相當老舊，導致吹出來的熱風相當微弱，沒多久他就放棄了。

他放下吹風機。

「這是吹乾的衣服。不好意思，剛剛太激動了，希望你不要見怪。」

「謝謝妳。」

「沒什麼，這是我應該做的。」

眼前的女人露出溫柔笑容，一頭長髮閃耀著流水般的光澤，順著白上衣與粉紅外罩衫披散而下，下身則是一件紅色及膝裙，搭上一雙白色平底涼鞋，整個人看起來親切開朗，和初來乍到時的強勢有著強烈對比。她將鐵木的深綠色T恤摺得整整齊齊，交到鐵木手上。衣服似乎還用心洗過，套上的時候帶著一股淡淡肥皂香，這樣的貼心，還真的有種媽媽的感覺。

「我叫鐵木・哈勇，是政大的研究生。」他略帶歉意地說。

「我叫林孟棋，是護理師。不好意思，你是原住民嗎？我該怎麼稱呼你比較好？」

這確實是個問題。跟漢人的姓、名觀念不同，不同的原住民族有不同的命名方式，鐵木是泰雅人，「哈勇」並不是漢人所謂的「姓」，而是他父親的名字，如果有人以爲那是「姓」，稱他「哈勇先生」，就有些好笑了。

「叫我鐵木就好。」鐵木說。

「好，鐵木。對了，替你介紹一下其他人，這位是施俐宸先生，他是電腦工程師，那位陳浩平先生是林務局的公務員。那邊的那個女孩子，叫江儀，還在讀高中的樣子。」

他順著她的介紹一路看過去。對比於他初來乍到的徬徨，除了施俐宸仍舊坐立難安，剩下的三位顯得泰然自若。聽到林孟棋的介紹，施俐宸揮了揮手，江儀禮貌性地點頭，陳浩平則一副心不在焉的模樣。

眼見沒人眞正搭理他，鐵木自顧自地在房內逛了起來。

他首先研究那張一進到這個空間便讓人無法忽視的大圓桌。圓桌是用很好的木材所做，手感厚實，深棕色桌面光滑如鏡。圍繞著圓桌有八張一模一樣的扶手椅，用的木材和圓桌相同而成套，椅背有深綠色的軟墊，上面繡有淡金色的植物紋樣。

這組家具如此格格不入，不單單是因爲風格的緣故。它們的擺放位置相當奇怪，位處房內正中間，但看房內格局，在這個位置擺放家具其實大大影響了各個空間的動線。或許換個形容會比較貼切，就好像是這個圓桌有磁性，被放到這裡，便把其他所有和它磁性相同的家具全都擠開來一樣。

鐵木注意到，雖然八張扶手椅顯然比旁邊的沙發或座椅要來得舒服，但沒有一個人想要靠近這裡。

他蹲了下來。地上的報紙大概是三到五年前的，什麼新聞都有，看來並無法為「這裡是哪裡」提供任何線索。他走近靠近圓桌的神壇，神壇上擺著祭神的器具：三只銅製茶杯、一個插滿香腳的小香爐、一對筊和兩座壞掉的神明燈。而本該供奉神尊的位置卻沒有神明。

這讓鐵木感到毛骨悚然。該有神明的地方沒有神明，這是否意味著什麼？說起來，來到這裡前，手機確實提到「說妖儀式」，這個妖，指的是妖魔鬼怪嗎？即將在這裡發生的事，跟妖魔有什麼關係，所以才沒有神明？

到底「說妖」是什麼，鐵木也沒半點頭緒。除了他以外的四人，也是被邀請過來的，他很好奇，這些人跟他一樣對「說妖」一無所知嗎？還是說，其實他們知道些什麼？

神壇旁有兩個立櫃，透過玻璃，可以窺見房屋主人的收藏，一櫃放著各式寶石和晶洞，以及栩栩如生的瓷雕和木雕，題材從人物到動物都有。另一櫃則放滿各式中西瓷盤，專業的茶具，還有一塊塊分裝好的茶餅。

鐵木發現神壇和立櫃之間還有一扇門，不過被一座老舊的深褐色沙發擋住。他推開沙發，走進門，裡面堆滿了被報紙包住的家具和雜物，看來是作爲倉庫使用。

「發現什麼了？」

林孟棋探頭進來。

「沒有，沒什麼特別的。」

房間相當狹小，林孟棋進來後幾乎就塡滿了所有可以站立的空間。兩人貼面而視，近到可以感受對方的鼻息，鐵木感到頗爲困窘，連忙退了出來，但林孟棋似乎不以爲意。

「說起來，外面的家具本來也是像這樣包好的。我和施俐宸先生是最早到的兩個，一起把家具外的報紙拆開，才變成現在這樣。」

「是嗎？」鐵木故作鎮定地說，「所以地上才會有這麼多報紙？」

林孟棋搖搖頭，「不是，從家具上拆下來的報紙我把它摺好放在旁邊了，地上的報紙是本來就被鋪好的。我猜應該是房屋的主人並不住在這裡，不想累積灰塵才這麼做。」

「原來如此。」

「但那組大圓桌和八張椅子不是，它們在我第一個來到這個空間的時候就在這裡了。沒有被報紙包住，在一堆被報紙包著的家具當中實在太顯眼，簡直像在邀請我們坐上去一樣，太奇怪了！我們不敢就這麼坐上去，所以我和施俐宸先生才又拆開其他的家具來坐。」

是很奇怪。不過，鐵木是不知不覺間被傳送這裡，大概吧，他們中也有按下電腦視窗就過來的，相較之下，這種「特別準備好要做些什麼」的感覺反而不怎麼奇怪了，根本可以無視。

「對了，剛剛江儀小姐說『又』，表示大家都是這樣一個個來的嗎？時間間隔多久呢？」

「我不知道，現在看不出時間，所以也沒辦法估計。不過等得並不是很久，每個人也不一定是隔一定時間就會出現就是了。從我到這裡到現在，大概不超過六個小時吧。」

看不出時間？

鐵木從自己口袋掏出手機，想要檢查時間，才想起手機已經因爲泡水而停止運作。他接著看向左手的運動手表，很確定它應該要有防水功能，ＬＥＤ顯示的數位時間爲1:47。

「看錶也沒用的，我手機的顯示時間就停住了，不管多久都停在同一個時間。」林孟棋說，「1:47……這代表你來的時候也是半夜，難怪你沒發現到異常。你看我的手機，我是中午的時候過來的。」

她從及膝裙的口袋掏出一支印有卡通圖案的手機，上面顯示的時間是12:35。

「妳也是收到邀請簡訊嗎？」鐵木問。雖然他不確定那到底算不算簡訊。

「不是，我是按照地址過來。」

「地址？」

她點點頭，接著報出一串地址。

「不過這個地方怎麼樣都出不去，所以我猜也不是眞的地址，這裡大概是某種異空間吧。」

「出不去？什麼意思？」

「就是字面上的意思。也不是被鎖上或怎麼了，但就是出不去。說實話我第一個來到這裡的時候快嚇死了，還好施先生沒多久就來了。」林孟棋摀著胸口，一副心有餘悸的模樣。

聽到林孟棋這麼說，鐵木連忙走到門口想要檢查，這時陳浩平忽然插話道：「我們試過了，你絕對打不開的。」

不知道為什麼，這句話由他說出來就是相當刺耳。鐵木不理會，還是試圖轉動門把，門把是能夠轉動，但不論是推還是拉，就是打不開門。

「窗戶也試過了，如果你想知道的話。」他補充。

鐵木走到窗邊。

的確，雖然窗戶沒有鎖上，但窗溝像是黏上了強力膠般，怎麼用力也扳不動。窗外是一片純然黑色，什麼景物也看不見。他不敢再看，深怕黑暗中會衝出什麼嚇人的怪物，便把窗簾拉上。

「你們有試著打破玻璃嗎？」

「我們試過了，那時陳浩平先生還打壞了一張椅子。」林孟棋指著堆放到角落的一堆木頭殘骸，還保留著椅子的骨架。想不到陳浩平這麼粗暴，看他現在完全不在乎的樣子，鐵木還以爲他不想出去呢。

……異空間。

說實話，剛聽到這個詞，鐵木還有點抗拒，但現在的情況讓他不得不認清事實。

「意思是，我們被困在這裡了。」

陳浩平聳聳肩，開口說話。

「雖然我不知道你收到的邀請是怎麼寫的，不過我們是來參加儀式的，記得嗎？也許等那個『說妖』儀式結束，他們就會放我們走。」

「他們？你所謂的他們是誰？」

「天知道！」陳浩平做出誇張的表情，「如果這裡眞的是什麼舉行儀式的會場——它看起來是挺像的啦——總要有知道這個儀式怎麼運作的人負責主辦這個活動吧。不然你覺得這個空間、這些家具、那封邀請函是自己憑空變出來的嗎？」

鐵木皺起眉。

「我當然知道這背後有其他人，我只是想知道，是不是有人比我們其他人都更瞭解這裡發生了什麼事。畢竟你看起來一副放心的模樣，好像事情都在你的掌握之中。誰知道，也許你就是主辦人？」

「老兄，如果你和我一樣，來到這裡幾個小時，什麼事都不能做，什麼事也都沒發生，保證你的態度會和我一樣。但這不表示我就是什麼詭異儀式的主辦人。想栽贓人還需要證據啊。」

陳浩平說的沒錯。鐵木會那麼說，也只是對陳浩平的態度不滿，並不是眞心相信他就是儀式主辦人。但說到底，這「儀式」到底是怎麼回事呢？仔細一想，鐵木心裡便充滿疑惑。這「儀式」到底是什麼，爲何又找上自己？「說妖」兩個字看起來跟妖魔鬼怪有關，自己確實在追尋那種不可思議的存在，但那是他，難道，其他人也是如此……？

此時，鐵木原先怎麼樣都打不開的大門忽然打開了。一位穿著紅色皮外套、神色憔悴的女人衝了進來，一進來便瞬間將門關上，他想要叫她別關門，卻根本來不及阻止。女人背貼著門，喘著粗氣，像是被什麼人追趕，一會才發現屋內還有其他人在。

「妳還好嗎？」林孟棋說。

「快躲起來！有人要追過來了，他們手上有槍！」女人的語氣相當緊張，不停向身後看，深怕有人破門而入。

「別擔心，他們進不來這裡的。」鐵木說。

「你怎麼知道？」她顯然對鐵木這樣武斷的說法感到很生氣，觀察了屋內的擺設後，躲到了家具堆的後方。「這扇門很薄，他們沒多久就會破門進來，你們也快躲好！」

他們花了好一會時間，才說服紅外套的女人冷靜下來，又花了一點時間，解釋所謂的異空間。她的反應和鐵木一樣，直到自己親手試過後才接受這個事實。

她注意到了窗外的天色，說：「但現在應該是白天……」

「這裡連時間也是錯亂的。」鐵木出示他的手錶，「我們每個人來到這裡的時間都不一樣。」

女人猶豫了一會後，點頭表示理解，原本緊繃的表情才舒緩下來。

「剛剛到底發生了什麼事？」林孟棋問道。

「說來話長，」她低下頭，用拇指和食指按著太陽穴。好像這樣她才有辦法回想這些痛苦的回憶。「我叫羅雪芬，是一名記者，因爲追查某些事而被黑道追殺，剛剛……我的一名線人似乎中彈了，現在生死未卜。」

「對不起……」林孟棋說。

「有什麼好道歉的。」羅雪芬苦笑。

正當他們因不知道說些什麼而沉默時，門又被打開了。

進來的是一位不苟言笑的男人，穿著簡單的淡綠色ＰＯＬＯ衫、老氣的西裝褲和皮帶，年約三十五歲上下。他才剛問「你們是誰」，鐵木已經衝過去阻止他關門。

明明窗外是黑夜，門外景色卻是某條小巷的午後，鐵木試圖走進這個景色時，門外像是有一層無形的薄膜阻擋。伸出手，他感覺像是碰到了有彈性的水。接著，景色慢慢轉變，整個世界越變越黑，像是日蝕那般，最終成爲當初透過窗戶看見的那種純粹黑夜。

「怎麼回事？」男人對門外景色變化感到意外，同時警戒地看著其他人。鐵木放棄出去，門在回彈的彈力中自行闔上。眾人開始向男人說明情況，跟鐵木不同，或許是親眼看見景色變化，他很快接受這是異空間的說法。男人說自己叫程煌裕，是計程車司機。

「這個儀式應該有八個人參加，現在只有七個人，還有人沒到？」程煌裕問。

「你怎麼知道，你曾經聽過這種儀式嗎？」鐵木疑惑地問。

「不，只是簡單計算椅子的數量罷了。」他拉了張扶手椅坐下，「因為你們一副不想坐在這裡的樣子，桌椅也維持得很整齊，我才會猜這是主辦方替我們準備的。既然如此，數量就該符合參與的人數。」

這個推論和鐵木所想的差不多，不過他是在來到這裡觀察好一陣子才發現這個事實，程煌裕竟然一進來就發現了。身處在這樣詭異的環境，還能如此冷靜地下判斷，看來他是見過世面的人。

果然，如同程煌裕的推論，不久後又有一個人來了。這次是一位相當美麗的女子，鐵木不確定她的年紀，看來雖然和自己差不多歲數，卻有股不似年輕人般躁動的優雅氣質。她的皮膚白皙，黑色洋裝在她身上看來頗為相襯，舉手投足散發一種非凡氣質。

她的出現替這死氣沉沉的空間帶來了些許生氣，連閃爍的燈光看來都像是夜裡的霓虹。

她對自己竟會來到此處相當詫異。

「這裡就是……舉辦那個『說妖』儀式的地點？」她說。

「是的。加上妳總共是八個人，這下子所有人都到齊了。」鐵木說。眞荒謬，他已經徹底接受「接下來要進行某個神祕儀式」的事，居然能這麼流暢地回答女子的話。

接下來就是例行的自我介紹。女子名叫沈未青，是收到邀請函，按照邀請函上的地址來的。

「可以知道妳是依照哪個地址來到這裡的嗎？」

「爲什麼這麼問？」

「我想確認每個人是不是都按照同一個地址來的，沈小姐最晚到所以不清楚，但這裡是像異空間那樣的存在，一切都充滿謎團。也許妳提供的地址會給我們一些線索。」

「這裡是，異空間……？」

「是的。」

址。

沈未青猶豫了一會，看來有些難以接受這個事實，不過還是報出了一串地址。

「和林孟棋小姐說的地址不一樣。」

「也和我聽到的不一樣。」程焯裕說。

「這怎麼可能，」沈未青大感驚訝，「這代表這扇門連接了好幾個地方？」

鐵木已經不打算追究這怎麼可能了。

他如今最想問的是，這個主辦「說妖」儀式的人究竟是何方神聖？

先不論那些異空間、傳送、在沒電手機上傳訊息之類的奇幻能力。光是能夠讓每個人收到邀請，就代表他們都受到某種程度的監視。以鐵木自己來說，他收到的邀請函上，就提到了鮮少向他人透露過的哥哥失蹤之事，這表示「主辦人」至少掌握了自己的情報。這麼怪異的邀請，一般人根本不可能接受吧？但收到邀請的八個人都來了，或許他們都有非來不可的理由，甚至是不願透露給任何人知道的祕密。

明白這點後，鐵木心裡大感不快。

他看著另外七個人，忽然發現施俐宸在沈未青進來後便一直目不轉睛地盯著她。爲什麼？才剛這麼想，鐵木便恍然大悟……這有什麼奇怪的？沈未青畢竟是個美人，她看似嬌弱的氣質，能夠激起男人想要保護她的慾望，雖然不到傾國傾城，卻已足以抓住所有男人的視線；沈未青不是鐵木喜歡的類型，即使如此，就連他也忍不住地在意她的一舉一動。

看著施俐宸癡迷的模樣，鐵木心中暗笑，卻剛好和沈未青對到眼。對方淺淺一笑。他趕忙把頭撇開，覺得自己心跳似乎漏了一拍。

「這是什麼？」

江儀打破沉默。鐵木與眾人看過去，只見大圓桌上有一張對摺的紙。江儀拿起那張紙，好奇地讀了起來，越讀眉頭皺得越深。

「裡面寫了什麼？」鐵木問。

「這封信剛剛就在這裡嗎？」程煌裕問道。

「不，這是沈未青小姐進來之後才憑空出現的。」江儀說，「我想，大家都應該看看……」

她將信紙傳給離她最近的陳浩平。

「說妖儀式規則……」他唸出信紙上的文字後便閱讀起來，不再說話，到了一半，他忽然雙手一攤，大聲說：「燈閃個不停，看得我頭都痛了，這地方沒有別的燈泡什麼的嗎？」他閉上眼睛，不停揉捏自己鼻翼，好舒緩眼睛的痠痛。

「要不要乾脆把燈關了？我的頭好像也開始痛了。」施俐宸說。

「但是外面這麼黑，我們關燈的話，就什麼也看不到了。」林孟棋擔憂地說。

「看看神壇那邊，也許會有蠟燭什麼的？」鐵木提議。

他一說完，立刻感到有件事不太對勁。如果是這樣，那她為什麼……？

「啊，找到了，好多白蠟燭。」江儀說。

神壇的抽屜裡，塞得滿滿的白蠟燭，感覺就是主辦方特別準備的。江儀拿出一根蠟燭，翻來找去卻找不到打火機或是火柴。

「用這個吧。」程煌裕從口袋掏出方盒狀的打火機，用流暢的姿勢「啪嚓」一聲點起了火。

一支支白蠟燭被點起，立到了圓桌上。

為了固定，他們先將蠟滴到桌上，再將蠟燭放上去。平常這麼做，肯定會有人覺得破壞圓桌，但現在這種時候，也沒人在意這種事。

「夠亮了嗎？」

「好像還不夠，再來幾根吧。」

他們將蠟燭集中在桌子中間，保持距離，等到差不多亮時，羅雪芬說：「差不多了，省著點用吧。」

江儀把手上的蠟燭放了回去。

林孟棋忽然驚呼：「怎麼剛好八根啊……」

確實，剛剛大家沒有特別算，只是覺得亮度差不多，但一數之下，竟然剛好符合參與者人數，就算只是巧合，也令人感到毛骨悚然。

「還是我們再多點一根？」江儀問。

「不要吧，蠟燭也沒剩多少了，頂多再點一輪就要沒有了。」程煌裕說。

「還是我們吹熄一根，放回抽屜裡？」江儀說。

沒有人回答。

「我看……就維持這樣吧？」鐵木說。

沒有人反對。

也許每個人都害怕，吹熄的那根蠟燭，代表的就是被淘汰的自己。面對這樣荒謬的局面，鐵木一方面想要發笑，一方面又發自內心地感到恐懼。

藉著昏暗燭光，所有人都傳閱了那封神祕的信，信上是這樣寫的：

§ 說妖儀式規則 §

1.這是一場以召喚臺灣妖怪爲目的的儀式。
2.堅持到最後的參與者，能夠帶走任一曾在儀式中被召喚出來過的妖怪，此人被允許自由使用妖怪的能力完成自己的心願。
3.當所有參與者坐到中央圓桌前的座位，自行選定一人，說出第一個靈異故事後，儀式開始。
4.以逆時針方向，每人輪流講一個靈異故事，直到剩下最後一人說故事爲止，儀式結束。
5.是否爲靈異故事，自由心證。
6.不可直接複述妖怪本身的傳說。
7.不可複述相同的故事。

8.在開始儀式的瞬間，說故事的順序便已決定，不可改變。除非有參與者選擇退出，否則不可跳過。

9.只要坐在中央圓桌的座位上進行宣告，便可退出儀式。

10.一旦退出儀式，便不能再次加入。

11.妖怪被召喚出來之後，在因使用而消失以前，無法再次召喚。

12.堅持不講故事又不願退出的人，會得到相應的懲罰。

燭火搖曳，把每個人的影子放大到牆上，有如張牙舞爪的野獸。

看完這張紙，每個人的眼神都變了。以召喚臺灣妖怪爲目的？召喚妖怪？其實用「妖怪」這個詞，讓身爲宗教研究生的鐵木感到有些不專業，這個詞很容易簡化人們對於超自然存在的想像。但不管這個，能夠召喚妖怪？而且，直到剩下最後一個人，意思難道是……

他起了提防之心。尤其是對陳浩平跟「那個人」。

「我們要這樣不說話到什麼時候？」陳浩平率先打破沉默。他環視在場的所有人一圈，笑道：「你們不會是怕了吧？」

「第一條規則說的召喚妖怪……是什麼意思？」施俐宸從喉間擠出話語，彷彿相當痛苦，他用求助的眼神看向眾人，但沒有人與他對到眼。

「妖怪你不懂？不會吧！想不到眞的有這種人……」

「我當然知道什麼是妖怪！但那不是故事的產物嗎？說要召喚妖怪什麼的……太不現實了吧。」

陳浩平啞然失笑，「不知道你有沒有注意到，我們現在人在異空間裡耶？眞的還有事情是不可能的嗎？」

「但是……」

「撇除這點不說，」羅雪芬插話道，「我更在意的是，『直到剩下最後一人說故事爲止』是什麼意思？」

「這還用說，規則不是說得很明白了嗎？所謂的說妖儀式，就是要我們召喚妖怪出來、互相傷害的遊戲嘛。你有看過《大逃殺》嗎？沒有？那《奪魂鋸》呢？也沒有？總之主辦方現在就是要我們殺到最後一人。只有沾了其他人血的那個人，才能實現願望，離開這裡，就這麼簡單。」

「等一下！剩下最後一人，不代表大家就要彼此傷害吧？」林孟棋反駁。

「那不然怎麼辦？」

「如果主辦人有意思要我們互相傷害，怎麼不在規則中說？」程煌裕問。

「誰知道呢？不過有其他選擇的話，你倒是說看看啊？」

「還有退出儀式這個選項。」江儀說，「第九條規則說我們可以退出，只要退出到剩下最後一人——」

「原來如此，眞有道理。那我問妳吧，妳要退出嗎？」陳浩平拍著手，嘲弄地看著江儀眼睛，後者撇開頭，沒有說話。他接著看向其他人，一一指著他們，「還是你？你要退出嗎？你呢？要退出嗎？嗯？這裡有人想要退出嗎？」

「……我有絕對不能退出的理由。」鐵木說。他沒想到現場居然沒有任何人想要退出儀式，但仔細想想，如果他們都有參加這種可疑儀式的動機，那也不奇怪。

「我也不打算退出。看來大家都有各自堅持的理由吧。」程煌裕說。

「很好啊，我才在懷疑是不是所有人眞的都有非要靠妖怪才能完成的心願呢，看來大家都有嘛。那我們就不要站在道德高點假清高了，反正儀式開始了，我們就是敵人，大家痛痛快快完成儀式，誰也不要怨誰，這樣不好嗎？」

當然不好，鐵木很想這麼說，卻說不出口。雖然很不想被陳浩平牽著鼻子走，但他確實想不到除了退出跟互相殘殺以外的辦法。且不論陳浩平，難道儀式舉辦人要他們殺人，就要殺人嗎？鐵木看著寫著規則的紙，忽然注意到一件事。

「等等，我有問題。關於最後一條規則，『堅持不講故事又不願退出的人，會得到相應的懲罰』，這個所謂『相應的懲罰』的說法是怎麼回事？也太模糊了吧？而且『堅持不講故事又不願退出』究竟是怎麼判別的？」

「你覺得哪裡有問題嗎？」程煌裕說。

「規則的前面幾條，都還可以說是公正嚴明，沒有模糊空間，但最後一條怎麼忽然多了人治的味道？」

「的確，如果把這個儀式當作是預先設定好的電腦程式，前幾項都可以在明確的輸入行爲後，產生相應結果，但最後一項如果不是人爲操控……這麼寫實在很奇怪。」施俐宸說。

對於這樣的比喻，鐵木有點摸不著頭腦，但還是大概聽懂了施俐宸的意思。他懷疑有多少人因爲施俐宸的解釋而更明白自己說的話。

「原來如此，那你覺得是爲什麼？」程煌裕點了點頭。

「我想說的是，直到現在，主辦人都沒有現身，爲什麼？明明主辦人可以親自解釋規則再離開，卻選擇用寫信這種迂迴的方式，背後有什麼目的？又或者，他其實已經現身了呢？」

沒錯，無法否認這種可能性吧？事實上，鐵木正是注意到了「某件事」，才相信確實有此可能。

「你是在暗指我們其中一人是主辦人？」陳浩平似乎被鐵木的話給逗樂了，笑著說：「你不會還在懷疑我吧？早先你沒有證據，難道現在你就有？」

「雖然陳浩平先生的確很可疑，但我不是說你。」

「喔？那你覺得是誰？」

鐵木掃視在場七個人，最後把目光停在江儀身上。

「我？」她顯得相當錯愕，「爲什麼？」

「證據就是，妳一直在偷偷觀察大家。」

「我在偷偷觀察大家？」

「是的。大家還記得我們爲什麼要點蠟燭嗎？因爲電燈閃爍，讓人想看字都會頭疼。但是江儀小姐，妳從我進來到儀式會場到剛才，都一直在看書，在那樣的燈光下看書，不太自然吧？可以推測看書只是幌子，是爲了觀察其他人動靜，又爲了避免目光集中在自己身上所做的僞裝。」

聽到鐵木的話，江儀皺起眉，似乎想要反駁，卻沒開口。她什麼都沒說，讓鐵木更有信心。他繼續說下去。

「再來，妳聲稱規則紙一開始不存在，是在沈未青小姐進來之後才出現的……摒除規則紙是因爲神祕力量而憑空出現的可能，妳是第一發現者，全部的人又只有妳有帶能夠事先裝著東西的書包。妳應該是趁大家將注意力放在剛來的沈未青小姐身上時，藉機從書包拿出規則紙放到桌上，裝成第一個發現的樣子，混在我們參與者之中。」

「你是認眞的嗎？」江儀滿臉錯愕。

「等等等等等……如果我們之中眞的有人是主辦人的話，這是不是代表我們根本不可能獲勝？」陳浩平一副恍然大悟的模樣，「難道說妳一開始就打算黑吃黑？我們殺得你死我活，然後讓最瞭解規則的妳，成爲最後的勝利者，這樣就帶不走任何的妖怪，是嗎？」

「你也是認眞的嗎？」江儀瞪了他一眼，「如果是要落井下石，你可以不要選擇當個白痴。」

「先停一下。」程煌裕開口說，「鐵木，是嗎？坦白說，你剛剛的論點根本說不過去。」

鐵木被嚇了一跳，但還是堅持自己的立場。「那請你解釋一下爲什麼她要在那種燈光下看書？」

程煌裕正要說話，江儀已經站起身，厲聲說：「不用，我自己來；這位先生，你的推論有個致命的弱點。你說是我將規則紙放在桌上的，是嗎？」

「是啊。」

「要做到這件事，我一定要趁大家都沒注意到的時候吧？」

「當然啦，你……」

「那爲什麼我要提醒大家這件事？」

鐵木呆住，不明白她的意思。但她義正辭嚴的態度，確實讓他有些慌張。

江儀說：「你不懂嗎？如果根本沒人看到我放規則紙，我就是『隱形的』。但我一看到規則紙，就主動提醒大家。明明就算我不說，遲早也會有人看到耶，我幹嘛要讓大家注意我？『想要隱藏自己跟規則紙的關係』跟『主動提醒大家規則紙存在』，從動機上看，這兩件事是矛盾的。如果這張紙是藏在什麼地方，被我發現，你的指責還說得過去，但這張紙可是放在所有人都能馬上看到的地方喔！我爲何要主動提醒大家？」

鐵木居然被這個高中女生說到無法回嘴。雖然他對自己的推論也沒有百分之百的把握，但現在這樣啞口無言，也當眞在他意料之外。他結結巴巴地說：

「那……不然妳爲什麼要在這種光線下看書？」

「鐵木，這不重要。」程煌裕說。

「爲什麼不重要，那不是很可疑嗎？」

「你聽我說。你的主張是，江同學假裝看書，其實在觀察別人，假使這件事是眞的，也無法證明她就是主辦人，原因很簡單：就算沒有假裝看書，也可以觀察大家的行動。現在，在這裡，我們所有人都做得到。如果『觀察眾人』眞的是『主辦人』的先決條件，那最可疑的也不是假裝看書，而是『第一個抵達這裡的人』，因爲只有這個人能目擊所有人的行動。」

「……第一個來這裡的是我。」林孟棋猶豫了片刻後說，「但我不是什麼主辦人。」

「放心，林小姐，我也不打算說妳是，因爲無法證明。要懷疑的話，我們多的是理由懷疑彼此，但要是沒有證據，那只是浪費彼此時間。」

確實如此。鐵木這下眞的啞口無言了。他看向江儀，臉頰發燙：「對不起，江同學，我剛剛的懷疑太草率了，希望妳不要介意。」

「如果你希望別人不要介意的話，請不要隨隨便便把蠢話說出口。」江儀嚴厲地說。想不到她這麼不留情面，但鐵木也只能任她這麼說了。這時陳浩平拍了拍手。

「很好啊，輕鬆簡單就反擊回去了，不過我想提醒一下，這可不表示妳是清白的喔！」

「夠了吧？這樣挑撥離間到底有什麼樂趣！」林孟棋怒斥陳浩平，想不到溫和的她也會這麼生氣。

「嘿，別生氣，我可不是在指責她喔，畢竟，我們所有人都可能是在演戲啊！剛剛鐵木問說主辦人有沒有可能在我們之中，當然有可能！但也像程先生說的一樣，我們根本沒辦法確定。既然如此，我們何必在意這件事？我們只要確保儀式眞的會像規則所說的那樣進行，不要最後眞的被主辦方擺了一道，這樣就夠了，不是嗎？」

羅雪芬嘆道：「其實主辦方根本沒有必要混在我們之中，也可以操縱整個儀式吧？這裡是異空間，我們是被某種神祕方法傳送過來的，這表示什麼事情都有可能發生。就像程先生所說，我們唯一能夠確定的，就是我們無法確定。與其糾結這些，不如趕快開始儀式。」

「我同意不必糾結這些，」程煌裕說，「雖然這幾條規則還有很多值得討論的地方，但如果不真正執行儀式看看，根本不足以繼續討論下去。規則裡並沒有規定我們不可以暫停儀式，事實上，有條規則甚至鼓勵我們暫停。」

他拾起放在桌上的規則紙：「『在開始儀式的瞬間，說故事的順序便已決定，不可改變。除非有參與者選擇退出，否則不可跳過。』意思就是，一旦有人決定暫停，所有人都必須等他重回儀式，否則根本無法繼續進行下去。那麼，如果儀式進行到了我們其中一人覺得不得不停止的地步，隨時可以喊暫停，到時候我們再進行討論，大家覺得如何？」

程煌裕的說法頗有說服力。事到如今，要是不試看看，根本什麼都不知道，也無從判斷該怎麼做，因此大家猶豫了一會，便點頭同意。

眾人在選好自己的座位後，終於坐進先前顧忌萬分的扶手椅中。椅子相當舒適，卻並沒有減緩多少緊張。燭影搖曳，每個人的臉龐看來都陰晴不定，凝滯的空氣中，似乎隨時會有鬼怪出沒。越是沉默，鐵木越感覺這個空間不僅僅只有他們八個人。

他環視周遭一圈，由自己右手邊逆時針起算，分別是林孟棋、江儀、沈末青、陳浩平、羅雪芬、程煌裕、施俐宸，最後繞了一圈回到自己。

規則上說，一旦有人說故事，這個順序就再也不能更動了。

規則還說，儀式由任意一人開始說故事後展開。

「說是這樣說，但要由誰先開始？」施俐宸說。

眾人面面相覷。

「我先說吧。」鐵木說。他還在爲剛剛指控江儀的事尷尬，想趕快改變情境。他看向其他人，沒有人反對。他清了清喉嚨，吸了口氣，轉換心情。

「我要說的，是大學時騎機車環島碰到的事。」

隧道裡的水滴

那年暑假，我們系上一群大一生約好一起騎機車環島。我們從臺北出發，預計逆時針繞臺灣一圈，回到臺北後，再各自返家。

那是爲期一週的行程。一路上原本風平浪靜，但到了第三天，我們人在臺南，才忽然從電視上得知颱風將近的消息。

爲了避免被風災困住，我們討論過後，只好臨時修改行程，改走南橫，直切東部，一些原本預定要去玩的點也不去了。變成形式上的環島一圈，希望能趕在颱風登陸之前回到臺北。

隔天我們一早就出發。當我們騎到大關山隧道時，天空已開始飄起小雨。

事情就是在這個時候發生的。

我們一行八個人，四台摩托車，浩浩蕩蕩跟著領頭的主揪騎進隧道。忽然，主揪一個急煞停下機車，我跟在他後面，差點沒撞上去。

我以爲他發生了什麼事，連忙停車朝他跑去，一走近才發現他正在哭。

那種哭不是一般的哭，我該怎麼形容呢……那是發自靈魂的哭泣，像是要把肺臟撕裂那樣地哭，抽氣聲大得把我們所有人嚇得不知道怎麼辦才好。

坐在他後座的女友拍著他的背安撫，卻沒有什麼效果。他好像不認識我們一樣，哭到不能自已。

忽然，我感覺後頸冰冰涼涼，像是被什麼東西滴到。一抬頭，一滴水就這樣滴進我眼睛。我大罵一聲，趕緊用袖子把水滴擦掉，模糊之間，卻看見主揪的背後有幾個黑色身影，並且感覺到強烈的暈眩。

我仔細一算，一、二、三、四、五、六、七，一共是七個人。他們頭戴工程用頭盔，一副工人模樣。這時，我忽然感覺到強烈的悲傷，好像我的身體不再屬於我自己，我放聲大哭，接著就什麼也不記得了。

我重新恢復意識時，發現自己已經坐在朋友的機車上。原來我剛才也陷入了和主揪一樣的狀態。他們眼看事情不對，趕緊把我和主揪拉上機車，騎離隧道，直到離隧道大概兩、三公里遠之後，我們才停止哭泣。而那之後的好幾天，我還是會在夢中見到那七個人的身影，這樣的噩夢大概持續了一個禮拜才平息。

後來我才知道，原來那個隧道是有名的猛鬼隧道。曾經有七名工人因爲工程疏失，在以炸藥爆破時，被飛散的快乾水泥封在隧道頂端，礙於隧道地質鬆軟，一直沒有挖出來好好安葬。從那之後，隧道就常常滴水，更有曾在隧道頂端看見人臉的傳聞。

故事結束。

原本壓抑的氣氛，現在更壓抑了。

鐵木原以爲自己不擅長講故事，沒想到一開口，故事竟然像流水般如此流暢地從腦海傾洩而出。他本來想著如果講的爛也就算了，至少不會造成其他人的心理壓力，他從不知道自己故事可以講的這麼好。他不禁懷疑這全都是這個異空間搞的鬼，是主辦方刻意要營造這樣的氛圍。

「接下來換我了，」林子棋吞了吞口水。「其實醫院裡這種故事流傳很多，不過今天我要講的是我親身經歷的故事。」

四樓

大家以爲，爲了避諱「四」與「死」的諧音，醫院裡大多沒有四樓。但其實不是如此。我任職的那家醫院就有，不過搭一般的電梯到不了，電梯面板上只有三和五樓，就算眞的停在四樓，也會看到一面白牆，出也出不去。

因爲在這裡，四樓是作爲太平間使用的。醫院特別爲了太平間設了一部專用電梯，只有從這部電梯才有辦法通到四樓。

有天我值小夜，接近換班的時候，某位我照顧很久的阿公過世了。雖然交班的護理師說可以幫我處理，但我還是堅持將阿公的遺體推到太平間。回來的時候又碰上一些事情要處理，等到我眞正下班的時候，已經快要一點了。

我走進電梯，按了一樓的按鈕。覺得很疲倦，便閉目養神。忽然，電梯的電子聲説道：「四樓到了。」我嚇了一跳，睜開眼睛才發現電梯門的外面竟然不是平常的那堵白牆，而是一條長長的迴廊。

我不敢出去，按了關門鍵電梯也沒有反應。我嚇得不知道該怎麼辦，隨口唸了心經一類的經文，閉上眼睛，希望祂們能夠放過我。此時，我聽到一個熟悉的咳嗽聲，還有細小的窸窣聲，接著電梯門順利關上，回到一樓。我頭也不回地跑出電梯。

後來我才想到，阿公有抽菸的習慣，常常一口老痰咳不出來，那聲咳嗽應該就是阿公。是祂保護了我，否則那時候的我，不知道還會遭遇什麼可怕的事。

「其實這個故事還滿溫馨的嘛。」施俐宸鬆了一口氣說。

「鬼故事也不一定都是嚇人的啊。」林孟棋微微一笑。

確實，雖然主辦方要求大家說靈異故事，但不一定所有靈異故事都一定要讓人精神緊繃。林孟棋這麼做也許是個很好的示範。鐵木心想。

雖然到目前爲止，大家都只是說故事，沒有其它事情發生，但他明顯感覺到空氣中已經隱約開始有些騷動。

「我要說的，是我們學校流傳的故事。」重新冷靜下來的江儀冷漠得可怕，像是什麼也不在乎般，開口說出故事。

多出來的教室

這不是我親身經歷的故事。

故事的主角是大我們不知道幾屆的學長。傳說我們學校半夜十二點時，會在H棟校舍的三樓，多出一間空教室。有一次晚自習結束，也許是高中生活太壓抑吧，他拉著他的好朋友留下來，決定一起驗證這個傳說。

放學後，他們躲在H棟的教室裡，順利躲過教官和職員的巡視。等到確認學校沒人之後，便在陌生的教室裡，吃著預先準備好的食物，一邊聊天，一般等待十二點的到來。

晚自習結束是九點多的事。他們等了兩個多小時，終於來到了十一點五十分。這期間，兩個人喝著偷買來的啤酒，已經有點醉了。當朋友爲了上廁所而離開教室，本來一直安靜的鐘聲忽然響了。

「噹噹噹噹、噹噹噹噹——」

熟悉的鐘聲此刻卻令人毛骨悚然。然而，這並沒有打消學長打算尋找多出來教室的心情。眼看去上廁所的朋友一直沒有回來，學長也不打算等，決定直接跑到三樓，親眼確定傳說的眞假。

一上到三樓，一陣優美的鋼琴聲傳來。那是不知名的古典樂，學長對音樂沒有研究，雖然好聽，但在這種時候傳來鋼琴聲，還是令他起了雞皮疙瘩。

他忽略琴聲，沿著迴廊走，戰戰兢兢地數著教室編號。

三年一班、三年二班、三年三班……

H棟校舍的設計是「匸」字形，從西側上樓的學長如果眞的要找過整層樓，應該會經過兩個轉彎。然而不知不覺間，他已經轉過了第三個彎，教室的編號也開始重複起來。

學校的班級編號只到十二班，而當他走到位於走廊底端的十二班，一轉彎，便又接上了一班，雖然如此，他卻絲毫沒有發覺異樣。鋼琴聲就像捕鼠人的風笛般，引誘他不斷地越走越深、越走越深……

忽然，鋼琴聲戛然而止，發出重物砸到琴鍵上的聲響。學長赫然驚醒，這才發覺不對。在他眼前的，是一間音樂教室，而他從未聽說過H棟校舍有什麼音樂教室。

正當他在猶豫究竟要不要走進教室一探究竟，教室內忽然傳來一聲淒厲的尖叫，他跑到教室門口一看，發現他遲遲未歸的朋友像是被定住不動般筆直的站著，雙眼圓睜，極度地恐懼。朋友努力張開嘴，吐出幾個字：「快逃……」

學長一轉身，便看見一名臉上毫無血色、長髮披肩的紅衣女子，雙手指甲沾滿鮮血。他嚇得拔腿就跑，女子也用極快的速度追上來。他不停地跑，卻發現怎麼樣也找不到下樓的樓梯，內心越來越絕望，忽然他心生一計，翻過女兒牆，便往樓下跳——

那天以後，他再也沒有見過他朋友。而他則不斷警告周遭眾人，千萬不要在半夜十二點，留在學校的H棟，否則會發生可怕的事。這樣的恐嚇造成了許多人的困擾，之後他就被校方以精神狀況不穩的理由停學了。

「你們學校的H棟，真的沒有音樂教室嗎？」施俐宸小心地問。

「據我所知原本好像是有的，後來那一屆的音樂老師因爲感情因素在教室裡上吊自殺，才把那間教室改成了倉庫。」江儀淡淡地說，「但都是聽說的就是了，也沒有什麼證據。」

「是這樣嗎……」

「接下來換我了。」

說話的是沈未青，鐵木這時才注意到，這個明豔動人的女了，不知道爲什麼卻相當低調。如果不是她開口，他甚至快要忘記她的存在，然而一旦注意到她，卻又很難移開目光。

她一開口，便將房間內所有的視線集中過來。

裂嘴小女孩

有時候，太關心人也會遭到報應。

是一次應酬過後吧，那時我喝得有點醉。正當我準備攔下計程車回到旅館，卻看到路邊有個小女孩蹲在地上哭。她背對著我，恰好就在街燈底下。昏暗的燈光照著她，簡直像是舞台劇的聚光燈一樣，要不引人注意都難。

如果蹲在路邊的是成年男人或女人也就罷了，我不是那種會管閒事的人，但今天蹲在那裡的是個孩子。我看了時間，將近十二點，四處又沒有看起來像是她父母的人，一時心軟，便上前去詢問狀況。

我輕拍她的肩，問她怎麼了？要不要送她回家？聽見我的問題，終於讓她停止了哭泣。只見她緩緩轉身，一頭亂髮蓋住了大部分臉孔，我卻清楚看見了她的表情——

她的嘴角揚起一彎微笑，那微笑一路裂到了耳際，像是抓到獵物的獵食者，接著發出令人毛骨悚然的尖笑。

我的酒一下子醒了，連忙拔腿就跑。對方明明是小孩的模樣，卻跑得飛快，緊追在後。我跑了一會，覺得甩不掉對方，才在想要怎麼辦，一看到路邊的便利商店就像是看到救星，連忙往店裡跑去。小女孩沒有追進來，而我和店員都看見那個小女孩裂到耳邊的笑。

小女孩不久後便消失了，而我則一直等到天亮才敢離開。

沈未青的故事很短，卻頗爲嚇人。她在說故事的時候相當生動，甚至模仿了小女孩轉過身來時，披頭散髮的動作，認眞到讓人覺得可愛。

只是聽完故事，鐵木卻有種熟悉的感覺。似乎……他曾經經歷過類似的場景。他清楚記得沈未青說故事的動作和表情，也記得自己四周點起的蠟燭，以及面色凝重的七個人。

那有個名詞，叫作什麼……？

對了，既視感。

也許是他多心了吧，他當然不可能看過這一幕，他跟沈未青可是初次見面。

「是在五妃廟附近遇到的嗎？」程煌裕問。

沈未青搖搖頭，「是在新光三越臺南新天地附近。」

「也是差不多的地方，差了幾個街區。」他說，「那邊好像有不少這樣的傳聞。到底是誰先開始流傳這種故事的呢，這種讓人無法放心幫助別人的故事到處流傳，對這個社會一點好處也沒有。」

「您言下之意似乎是說，這則故事是被人編造出來的囉？」

說話的人是陳浩平。桯煌裕看了他一眼，沒有多說什麼。陳浩平輕浮地笑：

「接下來輪到我了。」

林中的隧道

當你獨自巡視森林的時候，會遇到很多不可思議的事。

局裡的前輩都會提醒我們，千萬不要前往不熟悉的地方巡林，遇到怪事也不要太深究，否則很可能會踏進「祂們」的領域。不過有時候，就算我們不去找祂們，還是有可能被祂們找上。

那是一次日常的巡山，沒有發生什麼事，原以為可以順利回到駐在所，途中卻忽然聽到微弱的呼救聲，讓我偏離原來的路線。

然後我看見了一條隧道。

你懂那種不該「在這裡看見這個」的奇怪感覺嗎？就像古典音樂會的觀眾席

不該出現馬鈴薯沙拉，游泳池不該出現棉被，電影院不該出現魚缸那樣——森林裡也不該出現隧道。

這裡既不是公路，附近也沒有車，怎麼會有隧道呢？

隧道口堆滿了黃色的工地帽和施工用的水泥和鋼筋，有的帽子是倒放的，內部積滿了雨水、長滿孑孓。我從未走過這條山道，想知道這條隧道究竟通往哪裡，在好奇心的驅使之下，我走進了隧道。

隧道內有燈，就是一般隧道裡裝設的那種昏黃燈光。我走在公路旁的窄道裡，越走越是不安。隧道內的光線越來越暗，而且好像怎麼走也走不完。我想回頭，又覺得應該就快走出隧道，捨不得放棄，念頭在打架，而我也越走越深。

遠遠的，我聽到救護車的聲音，然後是詭異的哭號，以及小孩子的嬉笑聲。

我站定腳步，決定回頭，一轉身，一個小孩子高度的黑影朝我直衝而來，嚇得我跌倒在地。

小孩子的嬉笑聲從我身邊經過。

我連忙從地上爬起來，頭也不回地朝來時路走，不知道爲什麼，原來走了很久的路，這時一下子就出去了。

之後我才知道，那天山下的公路發生了車禍，死者是一對年輕夫妻，而他們的小孩經過搶救，後來活了下來。

而我再也沒有看過那條隧道。

在陳浩平說完故事的瞬間，異象出現了。

一位紅衣紅帽的小女孩從虛空中現形，她飄浮在陳浩平頭上，那違反重力的樣子，絕不可能是人類！有些人從椅子上彈起，有些人警戒著，各自有不同反應。鐵木震驚地看著「那東西」，同時，心中興起難以言喻的感動。

終於見到了！

女孩幾乎一出現便消失。但鐵木有信心，那肯定是妖魔鬼怪！他一直在尋找的對象，果然是存在的！意外地，鐵木心裡興起了某種感激之情，彷彿整個人生都有了意義，與之相對，施俐宸卻是驚恐地說著鬧鬼，陳浩平狠狠地嘲笑他。除了他們以外，其他人又想著什麼呢？

不過，鐵木很快發現這不是感動的時刻。

「妳想知道魔神仔在哪？有沒有受控制？」

陳浩平不無得意地說。從他的表情看，鐵木知道「那個時刻」要到了。互相殘殺的時刻。

陳浩平從剛剛開始就一直主張要自相殘殺，他當然不會放過這機會！陳浩平指向施俐宸，同時，精怪現身了！鐵木忍不住站起來，但他能怎麼做？現在那個精怪的主導權，可是在陳浩平手上！那小女孩飄飄然在施俐宸面前現身，調情般地摸著他的臉，接著迅速向後消失，這時——

桌上出現豐富菜餚。

不只是施俐宸，其他人都意外到說不出話。

滿桌子的宴會菜，要不是這種場合，還以爲是喜宴會場！桌上共有十道料理，海鮮拼盤、豬腳麵線、什錦蔬菜、鹽烤龍蝦、鳳梨蝦球、金瓜米粉、松鼠魚、酥炸銀絲卷，還有收尾的水果拼盤，中央一盅經典的佛跳牆，十道菜小心地避開蠟燭，滿桌子菜香令人食指大動，同時也詭譎異常。

陳浩平哈哈大笑出來，甚至噴出口水：「嘿嘿，你以爲我要殺你？哈哈哈，你還眞是好騙啊！笑死我了，唉唷，肚子好痛，嘿嘿嘿嘿，你剛剛的表情，我的天，唉唷……」

「你幹嘛騙我！這很好玩嗎！」施俐宸惱怒地拍牆。

「是很好玩啊。」陳浩平擦掉眼角笑出來的淚水，「嘿嘿嘿，你不知道吧？妖怪可不只會殺人喔，每種妖怪有不同的作祟方式，而魔神仔這種妖怪，就是變出大餐！來吧，各位，不用客氣啊，就當成我請的吧。」

雖然他這麼說，眾人卻是面面相覷，誰也沒動手。

「這眞的能吃？該不會吃了就回不了陽間吧，像《神隱少女》那樣。」施俐宸還沒完全冷靜下來。像是要忘掉剛剛的醜態，他走到桌前拿了片水果，放到鼻子前聞了聞。

「欸等一下。」鐵木本來想阻止他拿起來，但來不及了，他只能說，「我建議你放下，不要吃比較好。」

「爲什麼？果然是回不了陽間嗎？」

「倒也不是，但那些東西是變出來的，本來不是這樣。」

「本來不是這樣……？」

施俐宸放下手中的水果，用質疑的表情面對陳浩平。

「唉呀，你爲什麼要阻止他呢？」陳浩平一副好戲被破壞的樣子。

「什麼叫不要阻止我？你果然是想殺人吧！這食物怎麼了？有毒嗎？那你自己給我吃啊！」施俐宸怒氣沖沖地要走到陳浩平身邊，鐵木連忙抓住他。

「沒有、沒有，也不是毒啦！你有聽過魔神仔傳說嗎？」鐵木說。

「之前跑新聞的時候聽過，據說是一種住在山裡，會誘拐人的妖怪。」羅雪芬說。

鐵木點點頭，開始說明。

「魔神仔的形象多變，稱呼也很多。」

像是「芒神」、「毛生仔」、「魍神」等。根據傳聞，其形象可以是「身材矮小、行動敏捷、全身長毛」，也可以是「白臉、擦胭紅的高大女人」或是「皮膚青黑、長著猴面」等等，差異甚大。然而除去形象，對於其作祟方式，卻有較共通的想像。

被魔神仔牽走的人，會被魔神仔幻化的人請吃大餐。若有幸被人找回，會發現那些被作祟的人往往被塞滿泥土、草枝、昆蟲或牛糞一類的穢物，所謂的大餐不過是幻覺。

「所以這些東西是牛糞變出來的？」

聽完鐵木的解說，施俐宸目瞪口呆。他看著自己方才抓取食物的手，彷彿沾到穢物似地一臉嫌惡，連忙朝廁所的洗手台衝過去。看來比起找陳浩平算帳，他更想清洗拿了「食物」的手。

嘈嘈水聲傳來。

兩小時前，鐵木還在生死交關的風雨中，奮力掙扎。

兩小時後，他們正式召開詭異的儀式，確認了妖怪的存在，並且打算藉此逼迫或殺死其他人，好成為儀式的勝利者。

人生的轉變有時快得連命運自己也無法置信。

妖怪檔案　魔神仔

魔神仔可以說是最爲人所知的妖怪了。不同的地方，對祂的稱呼有所不同，如「芒神」、「魍神」、「無神仔」等等，而對其外貌和體型的描述也大相逕庭。有人說祂「身材矮小、行動敏捷、作兒童狀」，也有人說祂是「白臉、擦胭紅的高大女人」，或是「皮膚青黑、長著猴面」。

但對於祂的作祟方式，大家有著較爲共通的想像：「牽人失蹤」。

被「牽走」的人往往是老人或小孩，精神恍惚，迷路回不了家。直到親友靠著敲鑼打鼓，請示地方神明找到之後，才宣稱自己吃了頓大餐，仔細看卻是滿嘴的昆蟲、牛糞或草枝。

雖然如此，被魔神仔「牽走」的人通常沒有生命危險，所以常被形容成喜愛惡作劇的妖怪。

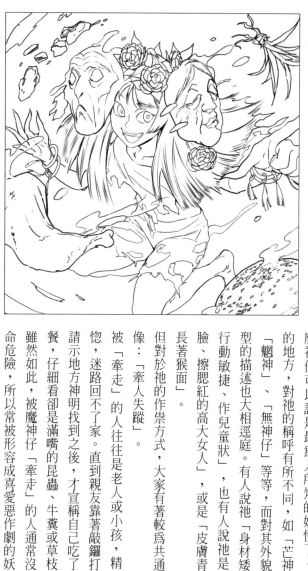

第二章

施俐宸在水槽反覆搓洗著雙手。陳浩平冷哼一聲，翻了個白眼。「洗那麼久幹嘛？牛糞很乾淨的好嗎？」

施俐宸無視陳浩平，又按了幾下洗手乳。或許比起手上的髒污，更想洗掉的是精神上的創傷吧。聽著陳浩平在那邊說什麼以前人會用牛糞塗在傷口上，把施俐宸氣到臉上肌肉微微顫抖。

鐵木心情十分複雜。

以妖怪能做得到的事情來說，陳浩平指使魔神仔做的，只能算是幼稚園惡作劇等級。魔神仔所能造成的傷害，遠比這虛幻的一餐要大得多——惑人心神、引人走入迷途、誘人走向險境……從陳浩平從容的態度看來，鐵木不相信他不知道如何運用魔神仔的能力。這還只是傷害性不大的魔神仔而已。如果被召喚出來的是地牛呢？會整棟房子被震垮，只剩下地牛的召喚者倖存嗎？如果是虎姑婆呢？其他人會被開膛剖肚、生吞活剝嗎？阿里嘎該會不會直接扭斷人的脖子，艾里里安會不會弄瘋在場的其他人，達克拉哈又會不會二話不說取人性命？

想到這些可能，鐵木心底發涼。所謂的堅持到儀式最後，就是要撐過這些恐怖至極的事情嗎？

江儀自方才起便低著頭，沉默不語。是被這荒謬詭異的場景嚇到了？還是對於儀式接下來的走向感到了害怕？鐵木對她有些愧疚，看她這樣子，他才恍然大悟——這個年紀就要遭遇這樣的事情，太殘酷了，或許她假裝看書，就是一種保護自己的偽裝，一種能夠不跟他人交流，讓自己冷靜下來的方式。

念及於此，他更加愧疚了。

「不過這麼看來，妖怪也沒什麼可怕吧？」林孟棋勉強笑著，「如果妖怪作祟都是剛剛那種程度，這場儀式應該也危險不到哪裡去。」

但沒人回應，大家表情都多少有些陰沉。程煌裕轉向鐵木：「鐵木，魔神仔應該可以做到更危險的事吧？我看新聞上，不是有人給魔神仔牽去就死了嗎？」

他最後一句是用臺語講的，但鐵木聽得懂。

「是沒錯，不過要說直接被魔神仔害死，也不太一樣。魔神仔會將人牽走，惡作劇，但不會直接殺人。那些人會死，多半是迷路下不了山，虛弱至死。」

「不錯，但如果召喚出魔神仔的人，能自由運用魔神仔的力量，那要讓人虛弱至死也不難吧？」

「唉唷，眞奇怪啊！」陳浩平大聲說，「你有這個問題，怎麼不來問問剛剛使用魔神仔的我呢？」

「失禮。那就請問陳先生吧，有沒有這種可能？」程煌裕皮笑肉不笑地問。

「當然可能啦。」

「這麼說，你剛剛是手下留情？」

「倒也不是。要讓那傢伙失神而死，雖然不難，也要放上好幾天吧？與其如此，不如用誇張一點的作法，讓大家面對現實，妖怪就是做得到這些！如果我召喚出來的不是魔神仔，而是能立即致命的妖怪……我也不會吝於馬上示範喔。」

這人眞是令人生氣！但鐵木知道他說的沒錯，妖怪中，確實不乏能夠直接致人於死的。

「既然如此，這個儀式的風險就很清楚了。」程煌裕面色嚴肅，「沒有覺悟的人，就現在退出吧，不要做出令自己後悔的事情。」

「你是指被殺，還是殺人的覺悟？」江儀抬頭對上程煌裕的視線。她的眼神意外地鋒利。程煌裕沒有回答，反而陳浩平嘿嘿地笑了。

「很好，你們總算懂了！這個儀式，就是殺與被殺，沒有其他選擇。」

這時施俐宸洗完手回來，他坐在鐵木旁邊，小聲問：「抱歉，我剛剛在洗手，有些沒聽到，剛剛在說什麼？什麼殺與被殺？」

鐵木小聲轉達剛剛的情況。施俐宸聽完，低聲咕囔，「這個儀式眞的會死人……是嗎？」他抬起頭，鐵木順著他的視線，注意到他在看沈未青。即使剛剛人們爭執著，沈未青卻托腮看著窗外，手指有一搭沒一搭地捲著自己烏黑的長髮，像身處在另一個世界，緊張、沉重的氣氛絲毫沾染不上她。

「……別太過分了。」施俐宸低聲說。鐵木呆了一下，那是什麼意思？但他很快就明白了。這位工程師大概是氣憤於主辦方舉行這場殺人儀式吧。像沈未青這樣的人，怎麼看都與血腥無關。施俐宸大概是對把她捲進這件事的主辦方感到憤怒吧。

程煌裕的聲音打斷鐵木的思考。

「陳先生，我很好奇，爲何你這麼興奮？假使這個儀式眞的如你所說，是彼此殘殺的儀式，那你也有被殺的可能。但你看起來，彷彿有不會被殺的自信。」

陳浩平冷笑：「我當然也可能被殺！但我很清楚，我被殺的機率，比你們都還要低一些。」

「爲什麼？」鐵木看向他。

「你們是笨蛋嗎？這張規則紙這麼多漏洞，你們都沒注意到！最基本的問題是什麼，你們好好用腦想想吧！我們在這裡講靈異故事，那跟召喚臺灣妖怪有什麼關係？更重要的是，爲何不能講妖怪本身的傳說？剛剛經過這回合，我已經知道答案了。簡單來說，雖然不能講妖怪本身的傳說，但包含前面的故事在內，只要講出來的故事有某個妖怪的相關元素，就能召喚出那個妖怪。那麼，怎樣的人更有機會召喚妖怪呢？」

鐵木心中發涼，他瞭解陳浩平的意思。

無論是怎樣的妖魔鬼怪，都有相應的作祟方式，足以形成相應的傳說；這些傳說，有許多元素是重複的，譬如，西方的「阿爾奈—湯普森分類法」，就是用「民間傳說裡的常見元素」進行分類。雖然臺灣民間傳說未必適合這種分類法，但妖魔鬼怪的傳說要素，無疑有跡可尋。

這就是儀式的「機制」？雖然不是說那個妖怪的傳說，但只要說出相關的故事元素，就能召喚妖怪。這下，鐵木總算知道陳浩平爲何信心滿滿了。

「原來如此……」羅雪芬喃喃自語：「規則說不能講妖怪本身的傳說，就是爲了防範你這種人。」

她直直看著陳浩平。

「沒錯！」陳浩平開心地說，「越是瞭解臺灣妖怪，就越有機會召喚到妖怪，至於連妖怪傳說有哪些元素都不知道的人，就只能歪打誤撞；我還眞沒想到有連魔神仔都沒聽過的人能混進來，那不是送死嗎？如果能講妖怪傳說，那我每回合都能召喚一個妖怪，所以，主辦方禁止這點，確實是要防範我這種人。但只要發現這點，要對付就簡單了。我只要聽前面有哪些故事，再虛構一個能補足元素的靈異故事，就能召喚到妖怪，剛剛的魔神仔就是這麼來的！所以你們想，比起接下來能召喚到什麼妖怪都不知道的你們，熟悉妖怪傳說的我，是不是存活率比較高？」

沒人回答他。他們都知道陳浩平的意思。在這場儀式上，他確實占了優勢。

「……爲何你非得要殺人不可？」林孟棋打破沉默。

「喂，妳別搞錯啊！不是我要殺人，是這場儀式就是要殺人；要是我沒猜錯，來到這裡的人，都想借用妖怪的力量做什麼事吧？我是不知道連魔神仔都不知道的人打算利用妖怪做什麼啦，但既然沒人想退出，就只能用妖怪互相殘殺啦，別說得我像是殺人狂魔一樣！」

確實，鐵木心想；如果能得到妖怪的力量，他或許能將哥哥給救回來。問題是，他是否能爲了做到此事殺人？

「不，你就是在想著互相殘殺的事。要不是你有優勢，你也不會這麼簡單想到用妖怪殺害彼此吧？不過，這裡應該不只你一個人瞭解妖怪，至於要如何剩下最後一人，應該也有殺人以外的選擇。」林孟棋說。

「哼，我知道那邊那個原住民也有些瞭解，但這只表示最後會剩下我們兩人，對妳可沒半點好處。而且，這無法改變我們最後不得不互相殘殺的事實。」

林孟棋看向鐵木：「鐵木，你很瞭解妖怪嗎？」

這問題讓鐵木有些爲難，但他還是回答了。

「算是瞭解……不過，我不算眞正的專家。我是宗教研究所的碩士班學生，民間傳說研究是我的專業。」

「聽起來也夠厲害了。」林孟棋故作開朗，「鐵木，妖怪這麼多，也有不害人的吧？」

陳浩平搶著回答：「當然有。但我告訴妳，只要會用，不致命的妖怪都足以致命！人類可比妖怪可怕得多。」

鐵木沒有理他，對著林孟棋說：「雖然有，不過妖魔鬼怪就算不害人，也會捉弄人，至少會造成困擾。在妖怪中，還是可怕的居多，只是是否致命……因爲作祟方式十分多元，到底怎樣算致命，有些難講。」

「這樣啊……那麼，即使不瞭解每個妖怪，也有辦法防範祂們殺人嗎？」

羅雪芬也說：「我也想問這點，妖怪的能力有可能被防範嗎？」

「就算知道，也沒人會說出來吧？除非是不想自己贏了。」陳浩平語帶嘲諷，「當然啦，妖怪有各自的作祟方式，當然也有各自防範應對的方式，但像你們這種連最基本瞭解都沒有的人，還是快點退出吧。要是妖怪最後落入你們這種人手中，也太可憐了！」

鐵木心中惱怒，但他也知道，即使知道作祟方法，也未必能簡單做到。他像是補充一樣，對所有人說：「的確是有防範或是解除妖怪作祟的方法。但不說這在儀式中是否有效，光是不同妖怪的應對方式，就無法在一時之間說明清楚，更何況，不少方式需要特殊道具來實行，這裡無法取得——特別是那些需要求助於神明的部分。」

從這個角度看，或許主辦方確實鼓勵殺人；鐵木看向空蕩蕩的神壇，之前心中生起的那股詭異感再次冒出。轉回頭，剛好對上陳浩平的視線，鐵木實在無法確定對方那個挑眉究竟是什麼意思。是「算你識相沒真的一一講解」呢？還是「你講這麼多幹嘛」？算了，鐵木沒打算要去理解陳浩平，他避開對方視線，繼續說話。

「不過，在妖怪剛被召喚出來時，我可以進行簡單的解說。如果覺得哪些妖怪太過危險，可以那時再斟酌退出。如果無論如何都不願意退出，那至少也可以對接下來可能發生的事情有些心理準備。」

陳浩平聞言似乎有些不滿，鐵木不由得在心中暗笑。他繼續補充。

「像剛才出現的魔神仔，通常透過叫喚被迷惑者的名字、放鞭炮，或是敲鑼打鼓等行動，就可以喚回當事人的心神。而要找到被迷惑失蹤的人的下落，則通常是要擲筊詢問附近的神明。」

「不過啊，和魔神仔作祟方式相似的塔達塔大，應對祂的方式就又大不相同了，對吧！噢，我忘記問了，你有聽過塔達塔大嗎？」

面對陳浩平的挑釁，鐵木本想要笑，他可是原住民、宗教研究所碩士生，怎麼沒聽過？而且陳浩平口中的「塔達塔大」，雖然有近似魔神仔的版本，但根據日治時期的文獻與當代部落採訪，也可能是近似鬼火的怪現象。這些，陳浩平或許不懂吧？他本想嘲笑回去，但想到過去的那段經歷、自己參加說妖的理由，頓時笑不出來了。他忍不住伸手握住掛在胸前的鐵環。

「我聽過……或許也遭遇過。」

眾人看向他，沒想到他會這麼說，尤其是陳浩平，他問：「你遇過塔達塔大？」

鐵木有些後悔將這件事脫口而出。但同時，他又覺得這是個好機會。雖然這麼想有點卑鄙，但接下來，他們可能會互相殘殺。至少，要讓他們知道自己是真的有理由這麼做。他吸了口氣，本以爲能流暢地講出來，誰知竟有些暈眩，難以開口。

「……我有個哥哥，跟我感情很好。小時候，我每天都跟在哥哥的屁股後面，到處去玩。八歲時某一天，我們跑到了村子的後山去。那是觸犯gaga，觸犯禁忌的。我原本不想去，但哥哥一直慫恿我，說會很好玩，我就去了。」

與哥哥的回憶湧上腦海。那時他還住在宜蘭的部落，父母還沒離婚。他身分證上的名字，也還不叫鐵木．哈勇，而是高聖恩。他哥哥名叫高聖祈，然而，那已是除了他以外，誰也不記得的名字。

「都知道是禁忌了，你是白痴嗎？」陳浩平冷冷地說。鐵木同意，他當時就是個白痴，他無論如何都應該阻止哥哥的。

「在後山有一塊大得不得了的石頭，我和哥哥比賽誰能最先爬到上面去。誰知道爬到一半，石頭忽然變得燙手起來。我正忍不住要放開手，就看到哥哥從上面掉了下來。四周不知道什麼時候燃起了黑色火焰，空氣中瀰漫一股焦臭味，我哥哥就這樣筆直掉進火中，然後他就……他就……」

他就不見了。直到現在，鐵木還記得哥哥掉下去的表情，但他落到火焰中，就像被黑暗吞掉一樣，消失了。鐵木什麼都沒做，就只是看著。光是想到這段回憶，他就很難把話說完。

「你還好嗎？」林孟棋安慰地握住了他的手臂，鐵木這才冷靜下來。

「我沒事。總之，我馬上爬下石頭，但火焰已經消失，也完全不見哥哥的蹤影。我在山裡一直走、一直走，卻一直找不到哥哥，也走不回村子。隔天，部落的人才在距離村子很遠的地方找到了我。聽說，那並不是一個小孩能在一夜之間走到的距離。」

施俐宸遲疑地拍了拍他的肩。鐵木感激地點點頭。

「我本來以爲，回到家之後就能再見到哥哥，但我錯了。哥哥根本沒有回家。更奇怪的是，我的父母再也沒有提起過他。而我在家裡找不到任何和他有關的東西——照片、筆記、課本、生活用品……只要和哥哥有關的任何物品，好像在一夕之間就全數消失了。」

唯一留下來的，就只有他一直掛在胸前的鐵環。

哥哥徹底從世界上消失了。

只有他記得，哥哥就與幻影無異。事實上，包括父母跟部落裡的耆老，他們都把鐵木口中的「高聖祈」當成某種幻想。爲了證明哥哥不是幻想，鐵木投注了自己的一生，甚至賭上生命，無論如何都要遇上妖魔。

只爲了證明自己的人生不是徒勞無功。

「或許你的父母是因爲你哥哥身上發生的意外，太過傷心，才把一切相關的東西都丟掉，並對他避而不談。」羅雪芬說。鐵木搖了搖頭。

「我在上了大學之後，回去調閱了我家的戶籍，上面也沒有哥哥的名字。他徹底消失了，除了我以外，沒人記得。他一定是被惡靈抓走。就是爲了找到哥哥，我才來參加這個儀式。」

或許是他的話太沉重，聽完後，竟沒人接話。只有陳浩平，跟其他人關心的表情不同，他居然有些興奮。

「眞有趣！是不是塔達塔大還很難說，我聽來不像啦，不過關於你哥哥的蹤跡都消失，太有意思了！要不是有某種妖怪能夠徹底抹消一個人的存在，要不就是這個哥哥的存在本身就是一個巨大的惡作劇……當然，妖怪說不定眞的做得到。」

陳浩平眼睛發亮打量著鐵木。鐵木哭笑不得，想不到陳浩平這麼有興趣，值得慶幸的是，至少他不是冷嘲熱諷，看來是眞心著迷於妖怪話題。陳浩平一副要追問的樣子令鐵木煩惱，他可不想對這個人掏心掏肺！這時，林孟棋開口了。

「原來如此，這就是鐵木參加『說妖』的理由啊，這眞是……要是說我理解，就太虛僞了，畢竟我的親人沒有消失。不過，我也是爲了我的姊姊，從某個角度來看，她也像是要消失了……該怎麼用妖怪的力量，雖然我還沒有頭緒，但要是沒有超自然力量幫助，要從『宇宙通元』中解救我姊姊，恐怕也是希望渺茫。」

「是那個新興宗教『宇宙通元』嗎？」鐵木問。

「對。」

鐵木隱約聽過這個新興宗教，它偶爾會上報紙。像是宇宙通元的信徒向教主奉獻了什麼昂貴的物品，某個成功企業家承認自己是宇宙通元的教徒，某個詐欺團夥自稱是爲了宇宙通元信奉的神而詐財，卻被宇宙通元的高級幹部指責那樣做違反教義。倒也沒有過什麼重大的負面新聞。要說解救，莫非是宇宙通元暗地裡還做了什麼壞事？

記憶中，宇宙通元的教士是男性。莫非林孟棋的姊姊在不情願的狀況下，慘遭教主染指？或是被教徒詐欺而欠債，被威脅要幫這個教做一些非法工作來抵債？又或是被下藥控制，不得不對他們言聽計從？還是被囚禁在內部，做一些見不得人的事情？而且還是報警也無法解決的狀況？

「我過去一直在追查宇宙通元的事情，手上有不少資料。如果之後我們兩個都平安離開這裡的話，或許我能夠提供一些幫助。」羅雪芬插口。

「那就先謝謝羅小姐了。我正需要更充分的證據去說服姊姊離開宇宙通元呢。」

「所以是加入新興宗教不肯離開？就只是這樣？」施俐宸問。

林孟棋看了他一眼，無奈地笑笑。

「對沒有實際和她一起生活過的人來說，大概就只是這樣『而已』吧……但她真的是太著迷於這些事情了。一有錢就全捐給宇宙通元，把教主的一言一語奉為聖旨，平常也不工作，沒有休閒娛樂，不和親朋好友來往，全部時間都投注在處理教務上……她好像就只是為了這個宗教而活著，沒有任何私人生活，沒有宇宙通元以外的正常人際交往。」

「不是，該怎麼說，其實我每天被迫在公司加班過夜、接受老闆的一切指示，也差不多沒有私人生活。這樣的日子恐怕跟妳姊姊差不多。但妳姊姊至少是自願的啊，我卻沒有選擇，出社會的新人要是一年以內離職，對下一份工作不利，就算能順利離職，要重新熟悉公司也很辛苦，何況，也無法保證下一個公司不是黑心企業。為了薪水，我不得不留下來，至少妳姊姊是自願的。不過，她不工作的話，要怎麼生活？」施俐宸說。

「她的日常花用都是靠我工作的薪水，這我倒是不介意。但我不能接受她試圖遊說我把所有存款都捐出去給宇宙通元。你們知道嗎？他們居然用捐款的數量來劃分人死後會進哪一層天國。太荒唐了。」

鐵木大爲震驚，這種教義，明顯就是爲了要斂財吧？爲什麼還有那麼多人信教？身爲研究生，他開始考慮要不要以「宇宙通元」爲主題來寫論文。

「姊姊拚了命地捐錢，就是想讓爸媽能上到最上層的天國，還因爲爸媽生前不是教眾，而說自己要連他們的份一起做，要加倍參與教裡的活動，每天開口閉口都在講宇宙通元的事情，還要我孝順一點，幫爸媽多做些事情。」

「我怎麼勸、怎麼勸都勸不聽，帶去做心理諮商、看精神科醫生，她也對診斷結果嗤之以鼻，完全不聽醫生的話，後來乾脆拒絕看診，說不如去多參加一次教裡的聚會。」

「我眞的很害怕，姊姊會不會被宇宙通元指使著去做什麼不好的事情，或是哪一天就跟著宇宙通元集體自殺了。像是什麼奧姆眞理教、天堂之門、人民聖殿……不就是那樣嗎？我眞的很害怕她會怎麼樣。」

林孟棋的聲音顫抖著，神色泫然欲泣。鐵木安慰地拍了拍她的手背，遞過去一包面紙。她勉強笑了笑，抽起一張面紙，壓了壓眼角。羅雪芬也起身倒了一杯溫水，放到林孟棋面前。

「我認爲妳希望姊姊盡快脫離宇宙通元的想法是正確的。宇宙通元裡面的水很深，要是被捲進去，想脫身就難了。」

「謝謝妳。如果妳眞的能提供線索，救我姊姊出來，我眞不知道該從何感謝……如果妳有什麼需要幫忙的地方，請一定要跟我說。」

「這倒是不用，我也只是順便而已。」

「那怎麼好意思……」

鐵木忍不住打岔。

「羅小姐，剛剛妳說一直在調查宇宙通元的事情，還說裡面的水很深，方便大概講一下宇宙通元是怎麼一回事嗎？」

「我也有一些好奇。」施俐宸附和。

羅雪芬轉頭看了看其他人的神色，見沒人明顯反對，才點了點頭，答應下來。

「太機密的事情，在這裡也不方便講，我就大概講幾件曾經仔細關注過宇宙通元就會知道的事情好了。」

「在去年的時候，宇宙通元正在興建的一個道場發生了工安意外，死了人，也有幾個人成了植物人。」

「我對這條新聞沒有什麼印象。」

「當然不會有印象。這整件事情被壓了下來。只有少數幾份報紙小篇幅地刊登了工安意外的消息，卻也沒有提到宇宙通元的名字，而是模糊帶過。」

「宇宙通元做得到這種事情嗎？只是一個新興宗教而已，能有那麼大的影響力？」

「這正是它可怕的地方。儘管一般人對它不以爲意，但其實它背後的勢力非常龐大。要說信徒總人數，肯定是比不上基督教、佛教等傳統宗教，但要比政界、商界人士的信徒數量和忠誠度，那數字就相對可觀了。再加上這些人暗中建構出的利益網絡，所牽扯到的人足以讓他們做到許多事。」

「就算報社高層不是宇宙通元的信徒或利益相關者，只要那些來下廣告的企業中有人是就好了。報社可沒法單靠販售報紙的收入維生。而只要是人就有可以威脅利誘的地方，光是爲了以後好辦事，在這種不致於損及報社名聲與收益的狀況下，這一點點妥協也是報社願意接受的。」

「你們還記得幾年前的電信商爭議嗎？」

「啊，妳是指電信商屏蔽特定關鍵字的那個事件嗎？」林孟棋遲疑地問。

「那件事我也知道，是那間剛上市就推出便宜行動上網方案的電信商，對不對？那陣子有一堆人搶著去申辦，但後來被罵爛了。」施俐宸接口。

這件事情鐵木也有印象。那時候他同樣是衝著那便宜的價格，換約到那家以前沒聽過的電信商。但在幾個月以後，開始有些用戶發現自己無法搜尋某些關鍵字，範圍從「廢核」到「同志婚姻」都有。那時候他在追蹤蘭嶼遷移核廢料的議題，結果也被屏障掉，一氣之下就解約了。這件事情也和宇宙通元有關嗎？

「經過查證，那家電信商的經營者來自新聞界的某大報社，同時也是宇宙通元的教徒，那些他們不想要被談論的議題，就想用這種方法壓下來。雖然不算完全成功，不過那些原本就不關心那些事情的人現在應該還在用吧——就這樣簡單地劃分出了兩個世界。」

「最近又有傳聞說那間報社的老闆，似乎決定收購國內最大的網路公司。有很多網友站出來反對，不知道之後事情會怎麼發展。要是收購成功了，豈不是連在臺灣都要學翻牆了嗎？」施俐宸皺眉。

「現在這樣也沒差太遠吧。難道你們看過眞的對宇宙通元有嚴重負面影響的報導？」

「還有最近東部海岸的開發案，那幾個財團也和宇宙通元有所牽扯。那環評的問題可大了，但一樣都沒見報。更多的我也不方便說了，但裡面的水有多深，你們也多少能猜出來了吧。」

聽羅雪芬講了這麼多，鐵木心中生起一個模糊的念頭。

「羅小姐，妳會來參加說妖，莫非也是和宇宙通元有關？」

「對，的確如此。我因爲調查得太深入，而有了生命危險。在我來到這裡的當下，我的線人可能已經因此死了。」

羅雪芬來到這裡時驚慌失措的樣子，原來是因爲這個啊？在他們進行「說妖」儀式的同時，外面有人死了。而羅雪芬本來可能也會死。

太沉重了。

不過，接下來大家要做的事情，不也是與宇宙通元相差不遠嗎？爲了自己的願望，要殺死同樣懷抱著重要願望、全然無辜的其他人。鐵木抬手摸了摸胸前的鐵環。

「還有人要說來參加說妖儀式的理由嗎？」像是要讓氣氛輕鬆些，鐵木這麼問。

「怎麼?現在在搞資格審查不成?不說的，或是理由不夠格的，要被排擠退出?」陳浩平冷笑。

「沒這回事。」

「我是被我最重要的朋友拜託來參加說妖的，這個理由夠格嗎?」

原來陳浩平那種人也有朋友?努力忍著嘆氣的欲望，這種極爲失禮的想法率先在鐵木腦海中浮起。如果是別人就算了，不過是陳浩平這種　看朋友就很少的人，爲了爲數不多的重要朋友來參加說妖儀式，倒也不是不能理解。

找陳浩平過來也是挺聰明的。在說妖儀式當中，不管怎麼說，越瞭解妖怪的人就越占優勢。不過，陳浩平的朋友是怎麼知道這個儀式的?又怎麼知道這個儀式會需要妖怪知識?這只是單純的巧合，還是陳浩平的朋友眞的知道什麼?陳浩平的回答在鐵木心中激起一個又一個疑問，卻又找不到答案。

「我不是要強迫大家講理由，也沒有打算評斷誰才有資格參加說妖，我只是想看看我們之間有沒有什麼關連而已。如果不願意講，我也能夠理解想保留隱私的想法。」

不知道是因爲陳浩平發言的影響，還是剩下的其他人本來就不想講，鐵木的視線掃過笑而不語的沈未青、悶不吭聲的程煌裕、搖頭不語的施俐宸，最後也只在江儀那邊得到一句「我有我的理由」。

「浪費這麼多時間，差不多該繼續進行儀式了吧？」

「等一下，我還是想說……」林孟棋深吸了一口氣，才接續說下去，「大家可以不要利用妖怪的力量殺人嗎？」

「哈？妳說什麼夢話，我還以為妳有自己的覺悟呢！」陳浩平嗤笑。

林孟棋沒有退縮，語氣反而更加堅定。

「這個儀式並沒有規定一定要死人，不是嗎？儘管妖怪有致命的手段，但是大家可以選擇不要這樣做。」

「那我問妳，要怎樣才能排除參與儀式的人，直到最後一人？」陳浩平也不等她回答，逕自說：「當然啦，可以講到所有人都累到撐不下去，年紀輕、精神最好的人獲勝！或是比誰的靈異故事多，可以撐最久，講不出靈異故事的人就退出……有可能嗎！都來參加這種儀式了，只因爲說不出靈異故事就放棄？說到這個，我可是有自信能講出最多的靈異故事，連那個宗教所學生都比不過喔！那要不要直接讓我贏啊？嗯？」陳浩平嘲諷地逼問。

鐵木聽不下去，林孟棋也只是好心而已啊！他說：「雖然我也不認爲這可行，但你沒有必要這種態度吧？」

「沒有關係。」林孟棋按住鐵木的手，搖了搖頭，「陳先生也只是誠實說出自己的想法而已。或許，其他人也是這麼想。」

鐵木看向眾人。果然要不是避開了他的視線，就是一副不以爲然的樣子。就連一向不爲所動的沈未青，也微微蹙起了眉頭。見狀，陳浩平態度更是張狂起來。

「怎麼？你還眞奢望其他人會主動退出，直接讓剩下那個人贏，好『避免所有傷亡』嗎？」

「我會選擇繼續參加儀式，就是已經做好覺悟要付出代價了。」江儀難得開口，卻也是站在反對的那一方。

林孟棋閉眼，輕輕嘆了口氣。

「那我退出。」

這是儀式規則所允許的。不過，什麼奇異的景色都沒發生，看來「退出儀式」並不會帶來什麼奇幻特效，但儀式桌前的人都因她的決定陷入沉默，這段突如其來的空白帶來某種超現實的怪異感。鐵木睜大眼看著她。

「林小姐，那妳的願望……」

「我想證明，既然儀式的規則賦予了我們主動退出的權利，就代表不一定會死人。要是這個儀式被設計成只能殺人，就不該有退出的選擇。既然我能這麼做，就表示一定有其他可能。」

這人只是爲了證明這點，就選擇了退出嗎？鐵木本來也不相信林孟棋的提議毫無私心，只是，不想要承受死亡風險是合情合理的，要是那個提議能夠被徹底執行，對其他人也同樣有好處，因此，就算夾雜著私心，鐵木也認同她是好意，至少比陳浩平好多了。但他沒有想到林孟棋居然放棄了實現願望的機會。

「當然，我希望姊姊能夠早日脫離宇宙通元，但要是她知道這是付出別人性命而換來的結果，也會因爲良心不安而無法得到幸福吧？而要是我死在這裡，姊姊又要怎麼獨自生活下去呢？你們說得沒錯，我的確是沒有殺人和被殺的覺悟，但達成願望的方法，不侷限於成爲儀式的勝利者啊！剛剛，羅小姐就說可以幫我，在這個儀式裡面，並不是只有一條路可走。」

「羅小姐不一定眞的能夠幫妳吧？而且，就算羅小姐幫上忙，也只是巧合而已，其他人不見得有這種選擇。」

確實如此。像羅雪芬，沒有人能幫助她對抗宇宙通元的威脅；或是鐵木自己，就算說了哥哥失蹤的經歷，也沒有人站出來提供線索。林孟棋是幸運的，碰上了羅雪芬。但在連彼此之間的關連都找不到的情況下，其他人有可能也這麼幸運嗎？

「或許吧。但如果你們不更詳細地確認一下，怎麼知道呢？」

林孟棋認眞地說，鐵木不禁想去相信她話中蘊含的希望。不是說六度分隔理論已經改成四度分隔了嗎？在場有八個人，要是剛好可以解決彼此的問題，那也是有可能的吧？

「我不認爲在場有人能夠解決我的問題。」程煌裕搖了搖頭，「而且妳希望說服大家不用妖怪傷人，我不認爲這可行。」

「但是，如果大家都這麼想的話……」

「這就是重點，林小姐，只要一個人不這麼想，那就不可能實行。至少，現在陳先生就主張應該要自相殘殺，如果我們其他人同意，只有陳先生不這麼想，那會怎麼樣呢？結果就是我們眞的在儀式中被陳先生殺到一個也不留。這時候，我們需要的是『共同毀滅原則』。」

「共同毀滅原則？」

「如果兩個國家擁有足以毀滅對方的核武器，雙方就都不敢輕舉妄動，也就是所謂的『恐怖平衡』。在這個儀式中，毀滅當然就是殺害。要讓決心互相殘殺的人不這麼做，就必須擁有毀滅那個人的力量。我提議，只要有人用妖怪殺害他人，就必須以妖怪處死他。如果沒有人願意犧牲使用妖怪的機會，我可以執行。」

原來如此，是這種恐怖平衡！也就是這麼回事吧？不想死就不要殺人。不過，這樣儀式到底會怎麼進行？鐵木思考著程煌裕的話，陳浩平舉起雙手：「你們似乎把我當壞人，好吧，我無法改變你們的想法。但請想看看，要是事情眞的這樣進行，儀式會變成怎樣呢？老兄，你剛剛才說沒有人能解決你的問題喔。」

「我不打算放棄勝出的機會。不過，如果這個儀式就是被設計成互相殘殺，我也不打算向主辦方屈服。日前這個儀式，包括舉辦的目的在內，還有太多不明之處，雖然不繼續進行儀式就無法搞清楚，但要是陳先生馬上就要殺人，對我來說是種阻礙。就算線索很少，但只要延長下去，也不是沒有找到全員生還的解決辦法的可能性。」

「我覺得可以試看看。」羅雪芬說，「無論如何，對現在的我們來說，殺人應該還不是最合理的選擇。在事情變成沒有選擇之前，有努力的價值。」

「啊，還可以訂一些簡單的互助條款，怎麼樣？譬如說有心血管疾病的人要先說，疾病發作或發生任何威脅到生命的事情的話，大家要立刻暫停儀式，救助對方，但對方也相應地要退出儀式。」林孟棋說。

「我接受。」鐵木聽完馬上附和。即使聽起來有些天眞和約束力不足，但這樣的善念在這種時候也沒什麼不好。羅雪芬同樣點頭贊同，並開口提議另一項條款。

「再加一條，『不能對已經退出儀式的人出手，除非該人干擾儀式進行，或威脅到他人性命』，你們覺得怎麼樣？」

鐵木想，這眞是個意圖明確的條款，根本就是明著講「只要退出就沒事了」。讓大家保有這條退路，應該也能減少不少傷亡吧。

「不過，就算有人開始殺人，一定要殺了他嗎？難道不能逼他退出儀式，然後綁起來，等儀式結束後再處置？」施俐宸問。

「不行，因爲約束力不足。」程煌裕說，「我們沒有強制讓人退出儀式的辦法，要是他本人堅持不退出，豈不足等於無限暫停？就算把他綁起來，那也不算是不願講故事又不願退出，而是無法講故事，這無法讓主辦方的懲罰落實到他身上。最重要的是，強制退出的懲罰性不夠強，不足以嚇阻。一個人開始殺人，要是不以同樣的強度懲處，難保不會有人跟進。」

「好吧。」施俐宸嘆了口氣。

「還有人要提議其他條款嗎？或是對現在的三個條款有什麼修改意見？」

眾人紛紛搖頭，陳浩平翻了個白眼，卻沒多說什麼。

「啊，既然我已經退出儀式，就先去翻翻冰箱裡面有什麼，煮煮菜來打發時間好了。剛剛好像看到冷凍庫有魚，你們應該都吃魚吧？那我就拿去退冰了。要是有什麼事都可以來找我，我都會在廚房。」

林孟棋的離去也帶走了短暫的輕鬆時光，儀式繼續進行。接著輪到羅雪芬，她說起自己在某次童年的心裡創傷後，一直在牆上看到眾多模糊人臉，這份恐怖如影隨形地跟著她到現在——想不到她竟有如此慘烈的經驗。儀式桌前的氛圍再次凝重起來。那是一種模糊了現實與恐怖的悲慘情緒。

她說完了，換下一位。雖然沒人講儀式外的事，但鐵木隱約有種感覺，大家都希望在輪到陳浩平前召喚到妖怪。只有這樣，程煌裕說的「共同毀滅原則」才可能成立。

□

「……隔天醒來，床上只剩下她一個人。她拿出手機，想向朋友傳訊抱怨，卻看見前男友發文說昨晚航班取消，要今天中午才會回到臺灣。如果他還在國外的話，那昨天到這裡來的那個人到底是誰？」

鐵木語音剛落，週遭便興起一股濃濃的菸味。一顆巨大的腦袋湊到鐵木面前，向他吐了口菸，嗆得他連連咳嗽。是妖怪！

那巨大的腦袋像是從虛空中出來，牙齒上除了抽菸造成的黃垢以外，還有一些紅紅黑黑的痕跡。這一瞬間，他腦中流進了諸多資訊，令鐵木駭然；他知道，這巨人是阿里嘎該，本來，他就知道阿里嘎該的傳說，但流進腦海中的東西，無疑是某種「異物」。

陳浩平剛剛召喚魔神仔，也經歷過這一切？

巨人露齒而笑，鐵木知道阿里嘎該吃嬰兒的傳說，忍不住後退。

「好大的巨人。鐵木，你知道這是什麼妖怪嗎？」

「這是……阿里嘎該。」

阿里嘎該悠哉地靠著牆坐下，亂糟糟的長髮披散在肩頭，鬍鬚垂到了胸口，胸毛長至肚臍，手毛腳毛又濃又長。祂手上夾著菸，如貓的雙眼眨也不眨地盯著鐵木，接著就消失了。不，鐵木知道祂還在，只有自己知道。

他甚至知道自己能透過阿里嘎該做些什麼，就像看了「說明書」一樣，這種傳說對象被資料化的情況，令他感到有些不舒服，總覺得哪裡怪怪的。但他知道自己有說明的義務，便開口解釋。

「阿里嘎該是阿美族和撒奇萊雅族的傳說。阿里嘎該擅長使用法術，曾有阿里嘎該變身成某個婦人的模樣，從婦人的女兒手中騙走嬰兒，等到眞正的母親回來的時候，才發現嬰兒的內臟已經被吃空；也曾有阿里嘎該變身成族裡的男子，與那名男子的妻子行房，妻子睡到一半聽到敲門聲，起床開門發現丈夫又從外面回來，回頭才發現原本和自己睡在一起的『丈夫』已經不見蹤影。」

鐵木猶豫了一下。

「其實，我在召喚出阿里嘎該後，腦中直接浮現了一些資訊，讓我知道能利用阿里嘎該做些什麼。就正如傳說描述的一樣，祂能夠變身成別人的樣子。另外，在族人和阿里嘎該戰鬥的時候，阿里嘎該曾經拔毛吹氣，變出千名士兵，我召喚的阿里嘎該也夠辦到。」

「陳先生，你剛才召喚的魔神仔也有複數的能力嗎？也是像鐵木這樣，妖怪的能力直接浮現在你腦中？」羅雪芬翻開了筆記本，邊寫邊問。

「妳自己召召看不就知道了？」

意料中的回答，羅雪芬也沒追問。

「傳說中，阿里嘎該是被族人用『布隆』打敗的。那是用蘆葦綁成的法器，形狀像是箭矢一樣。但我們現場顯然沒有這種東西，也製作不出來。」鐵木說。

「或是用女性的月經布也可以喔。有誰剛好月經來，要試試看能不能對付召喚出來的妖怪嗎？」陳浩平語氣輕挑地說著，迎來了好幾道瞪視。

接下來輪到江儀。在她講時，鐵木旁邊的施俐宸戳了戳他。

「鐵木，阿里嘎該的變身能變成你沒有看過的人嗎？」

「應該不行吧。」

「如果有照片的話呢？」

「照片也只有一個面而已，沒有辦法吧。」

「那如果有好幾張不同角度的照片呢？」

「你爲什麼要問這個？你想要做什麼？」

「……我希望你能讓阿里嘎該變成這個人的樣子。」

施俐宸滑開了手機，打開相簿，點開了一張照片。照片中，一名男子搭著施俐宸的肩膀，笑得燦爛。施俐宸看著照片的表情，既懷念又悲傷。鐵木想，或許這就是施俐宸參加儀式的理由。

「如果你答應幫忙，我之後召喚出來的妖怪也可以借一個給你用。」

鐵木心裡浮現許多疑問。這人到底是誰？施俐宸讓阿里嘎該變身成這個人之後要做什麼？在場有沒有人認識他？但他最終都沒問出口。畢竟，沒必要爲了一個不打算答應的要求追根究柢。

「抱歉，我不認爲單憑照片能夠做得到。但我可以推薦你一些妖怪。」

「好，謝謝你。」

「魔神仔我就不重複介紹，虎姑婆是僞裝成小孩的姑婆才能進門吃人的，而拉里美納則會變成親友的樣子去迷惑臨死之人。要召喚魔神仔的話，可以講一些和失蹤、幻覺、惡作劇有關的故事；虎姑婆的話，可以從和吃人相關的故事嘗試看看；而拉里美納大概會和死亡、幻覺有關。」

拉里美納是撒奇萊雅族的傳說，據說，生病的人會被拉里美納作祟，讓他看見已經死去的親人來到身邊，並被拉里美納帶到遠方，或是很難前往的地方，如刺竹叢裡，或是樹上。從某種角度看，跟漢人的魔神仔有相似之處，先前提到的塔達塔大，雖然有與拉里美納類似的傳說，但不會讓人看到幻覺。

「魔神仔、虎姑婆、拉里美納……」施俐宸一邊喃喃自語，一邊在手機中記下妖怪的資訊。

鐵木向後靠到椅背上，靜靜聽著江儀將碟仙的故事講到結尾，有些心不在焉；其實他拒絕施俐宸的眞正理由，不是做不到，或認爲施俐宸的承諾不可靠，也不是擔心阿里嘎該變身後會引發什麼麻煩。他只是不願意將阿里嘎該「浪費」掉，以免之後被其他人召喚出來。

說明阿里嘎該的能力時，他隱瞞了一件事情。

在那個阿里嘎該變身成丈夫的故事中，妻子開門讓阿里嘎該變身成的丈夫進門的時候，看了看外頭，天色已經轉暗了。而在睡到一半，眞正的丈夫回來時，外頭看見的卻是同樣天色，彷彿時間並沒有前進。這現象，或許就是儀式中阿里嘎該可使用的第三種能力——

時間回溯。

持有阿里嘎該的人，可以將時間回溯至來到說妖場地之後的任何一個時間點，且不會忘記時間回溯之前的事情。他意識到這力量十分強悍，不想落入任何人手中。

鐵木抬眼，發現陳浩平看著他似笑非笑，讓他覺得被看穿了。陳浩平猜到他有所隱瞞嗎？他對阿里嘎該的傳說有多瞭解？會把傳說的那個部分理解成是普通的幻覺，還是時光倒流？他會不會把這件事說出去？

儀式桌上的蠟燭迸發出幾點火星，沈未青面前的蠟燭突然火光大盛，一團火焰從中衝了出來，在半空中化成猴子的造型，底下還有張小小的竹椅。仔細一看，那張竹椅上有個裝了油的小碟子，裡面的線芯燃著火焰，和上空猴子週遭的火焰融成一體。

眾人有默契地看向鐵木。陳浩平哼了一聲，卻沒說什麼，鐵木覺得自己大概是想太多了。要是發現自己漏說什麼，陳浩平哪會不馬上開口炫耀自己的知識？鐵木定了定心，開始解說。

「如果我沒有認錯的話，應該是燈猴。」

鐵木猶豫了一下，詢問地看向沈未青。她點了點頭，這時，燈猴消失了。鐵木繼續說明。

「過去，在冬至的時候，漢人會將湯圓黏在生活器物上，慰勞它們在過去一年的付出。某一年，人們在各處都黏上了湯圓，卻獨獨漏了燈猴。」

「等等，所以燈猴想要人類黏湯圓在祂身上？但人類要怎麼黏妖怪？」

「其實燈猴是用來放置油燈的燈架子，據說三年不燒，便會成精，因此有在除夕燒燈猴的習俗。總之，燈猴因爲沒有得到酬謝，一怒之下，便一狀告上了天庭，而玉皇大帝聽信了燈猴所言，認爲人類好吃懶做、暴殄天物、忘恩負義，便決定要在年末時沉地降洪水，滅絕人類。所幸後來有其他神明求情，玉帝發現燈猴的指控是子虛烏有，最終收回了成命。」

「剛剛說到燒燈猴的習俗，以前也有這種用法，在燈猴快要燃盡時分作十二份，便可用餘燼的明暗占卜來年十二月份的氣候陰晴。不過，儀式上召喚出來的這個燈猴，看起來並不怕火，所以大概也不能用火來對付吧。」

鐵木說這些時，陳浩平不時偏過頭去，低聲向沈未青說著什麼。每當沈未青含笑向陳浩平點點頭，陳浩平就會轉頭向鐵木甩來一個得意的眼神。看陳浩平這種表現，不用想，他肯定是私下在跟沈未青說鐵木漏說了什麼，或是哪裡說得不夠詳細。鐵木才懶得搭理他，逕自把傳說講完。

「我所知道的差不多就是這樣。至於燈猴在儀式上有什麼能力，應該直接問沈小姐會比較清楚？」

「嗯，我也是在召喚燈猴的當下，突然就知道了這是燈猴，還有祂有什麼能力。就像鐵木剛剛說的那樣，燈猴能夠用來占卜天氣。」

「就這樣？沒有其他能力？」

「畢竟這裡沒有玉皇大帝可以告狀和發洪水吧。」

沈未青笑了笑，鐵木卻笑不出來，他心下有些猜測。

沈未青恐怕沒有完全說實話。燈猴只能用來占卜天氣，未免太無能，尤其是在這個「時間暫停」的空間裡，占卜天氣毫無功用！主辦方沒理由設置這樣的妖怪，那沈未青爲何這樣說？

一個可能是，燈猴其實不只能用來占卜天氣。就像阿里嘎該從傳說中衍生出了時空回溯的能力，燈猴占卜陰晴的能力，也可以被延伸用來回答是非題，而沈未青不想與他人共享這個占卜的能力。

另一個推測，則是燈猴有「告狀」的傳說，那祂能用來「告狀」嗎？問題是，向誰告狀？

鐵木想，該不會是主辦方吧？在這場儀式中，主辦方的地位就跟玉皇大帝差不多，作爲設置出這個異空間的人，不要說放水淹房間了，就算是要在室內打雷閃電、颳風下雨，也做得到吧。燈猴能做到這種事嗎？持有燈猴的人，能向主辦方提出要求嗎？要是如此，他可以理解沈未青隱瞞此事的理由，這無疑是重要的籌碼。

他看著沈未青，想從她的臉色上觀察出什麼蛛絲馬跡，但除了那遙遠迷人的笑容，一無所獲。施俐宸踢了鐵木的椅子一腳，鐵木回過神向他看去，施俐宸一副忿忿不平的樣子。

「你幹嘛一直看她？」

「我只是對她會怎麼用燈猴很有興趣而已，沒有別的意思。」

鐵木回想起施俐宸對於沈未青的特別關注，連忙擺手澄清。施俐宸看了看鐵木的表情，才點點頭，臉色好轉起來。

「那就好。你最好不要接近她。」

「相信我，就算我對她有興趣，也不會是在這種場合。」

鐵木嘆了口氣，心下鬱悶。他是來尋找哥哥下落的，可不是來和人爭風吃醋的。被誤會成那種人，他也很困擾啊！

「怎麼了？爲什麼嘆氣？」

林孟棋溫柔的嗓音響起，還帶來食物的香氣。一盤金黃深綠交錯的韭菜炒蛋，以及數個白底青花的瓷碗，被端放到了儀式桌上。現在是陳浩平在講故事，但食物抓住了所有人的注意力。

「沒什麼，剛剛和施先生有點誤會。」鐵木說。

「嗯。」施俐宸沒有否認。

「這樣啊，有說開來就好。」

「好香。需要幫忙嗎？」江儀問。

「好啊，廚房裡有碗筷，可以來幫忙嗎？蝦仁豆腐煲已經好了，湯也差不多了，白飯和馬鈴薯燉肉還要再等一會兒，魚的話還在退冰。各位還有想吃什麼？」

「這樣已經很豐盛了。」鐵木興奮地說。

特別是在這樣一個地方，能吃到這些家常菜，而不是餓肚了，已經値得慶幸了。主辦方提供這麼多食材，是預設了他們會待上好幾天嗎？這樣一想，有一個擅長料理，並且已經無心於儀式的人在場，眞是不幸中的大幸。

「大家也累了，要不要乾脆先吃些東西，休息一下？」程煌裕提議。

眾人紛紛應聲附和。陳浩平故事才講到一半，但也沒堅持，起身伸了個懶腰，走向房內的展示櫃，不知道在研究什麼。羅雪芬闔上筆記本，向廁所走去。江儀走進廚房。施俐宸則坐在原位喃喃自語著，似乎是在爲之後召喚妖怪要說的故事打底稿。而沈未青則慵懶地靠著椅背，觀察眾人。

鐵木想想自己暫時也沒有什麼事情，便在幫忙放好飯碗後跟著林孟棋，想到廚房幫忙端菜。他跟林孟棋說著剛剛儀式上的事，走到廚房冂時，江儀也拿著一把筷子和調羹出來。

「唉呀，江儀妹妹，謝謝妳幫忙拿餐具。」林孟棋笑瞇了眼。

「不會，這是應該的。」江儀也露出了微笑，向林孟棋點點頭，從旁邊走了過去。

林孟棋回頭看了一眼，而後踏進廚房，探頭看了看瓦斯爐。

「眞想要個像這樣的妹妹呢。」

聽到林孟棋的喃喃自語，鐵木正想點頭附和，但他知道妹妹這種生物，在家跟在外人面前是不同的，便說：「自己家的妹妹可沒有那麼可愛。」

「嗯？你是說我不可愛嗎？」

林孟棋拿著大湯勺，揚眉作勢要打向鐵木。鐵木連忙說：「不是不是，因爲妳剛剛說想要那樣的妹妹嘛，妹妹在家裡可未必是那種表現。」

鐵木忽然意識到自己越說越糟，畢竟林孟棋在家裡就是妹妹。林孟棋看著鐵木尷尬的樣子，笑了開來，把不鏽鋼的湯鍋和湯勺塞到了鐵木手上。

「我來拿蝦仁豆腐煲，湯就麻煩你了。」

「好好好，沒問題。」

湯鍋有點沉，塑膠的把手有點燙手，但還可以忍受。隔著不透明的鍋蓋，單憑香氣，鐵木一時之間倒也分辨不出來裡面裝的是什麼湯，不過看剛剛那盤韭菜炒蛋的樣子，這湯應該也不會讓人失望。

「碰咚啪答」。廁所傳來了一連串碰撞聲。鐵木想起羅雪芬在裡面。

「妳還好嗎？」

「羅小姐，裡面怎麼了嗎？」

「妳沒有事吧？需要幫忙嗎？」

「沒事，不好意思，剛剛沒站穩，不小心撞到置物架，上面的瓶瓶罐罐掉下來了。」

羅雪芬的聲音聽起來有些不穩，看來瓶瓶罐罐掉下來造成的驚嚇，比妖怪現身對她造成的驚嚇還要多。

「啊，有沒有砸到妳？」

「沒有，只是清潔劑灑到地板上了，我沖一下再出去。」

看來不用擔心廁所裡的事。鐵木將湯端到了桌上後，施俐宸立刻湊了過來。

「好香喔！我加班還沒有吃晚餐，餓死我了。這鍋裡面是什麼？該不會是紫

少牡蠣。

鐵木拿起一旁的抹布，打開鍋蓋。的確是紫菜湯。湯勺撈下去，裡面還有不

菜湯吧？」

「還眞有蚵仔啊。」施俐宸咕噥著，舀了一勺湯到自己碗內。

「蚵仔怎麼了嗎？」

「沒什麼。」施俐宸搖了搖頭，夾起牡蠣吹了吹，吃了起來，「不知怎麼回事，就是覺得應該會有蚵仔。」

「吃慢點，還有很多。」林孟棋看他這個樣子，笑了笑，便把蝦仁豆腐也推到了施俐宸面前，「要是不夠，冰箱還有些食材，我可以再煮。」

「不用、不用，太麻煩妳了。等白飯和燉肉煮好，我這樣吃就很夠了。」

「這頓飯眞是麻煩林小姐了。」程煌裕拿碗過來，夾了些韭菜炒蛋，又撈了些蝦仁豆腐，站在桌邊，一口口慢慢吃著。

「不會啦，我喜歡料理，看到你們吃得喜歡，我也就高興了。我再回去看看白飯和燉肉怎麼樣了，好了的話就也端過來。」

「要我再去一起拿嗎？」

「好啊，等確定煮好了，我就叫你。」

林孟棋離開後，鐵木便也隨手夾了幾口菜，和施俐宸、程煌裕有一搭沒一搭地聊著。像是施俐宸工作地點的鬧鬼傳聞，程煌裕開計程車載過的古怪客人，鐵木做田野調查時遇上的靈異事件……鐵木還隨口猜測著這樣的故事可能召喚出什麼樣的妖怪來。

「不好意思，打個岔。程先生，方便借一步說話嗎？」

羅雪芬不知道什麼時候從廁所出來了，單手拿著筆記本，走了過來。

「怎麼了？」

「關於這個儀式，我有些猜想，想和你討論一下。」

有什麼猜想不方便當眾說的？程煌裕似乎也這麼想，他說：「要不要說出來大家一起討論？」

「不，還不適合讓所有人知道。我想跟剛剛提出『共同毀滅原則』的你討論。」

「好吧，我知道了。兩位，待會再聊。」

程煌裕跟著羅雪芬移動到了房間角落。鐵木在意地看了好幾眼，卻只見程煌裕聽了幾句話，隨即瞪大眼，露出驚訝的神色，接著又皺眉苦思。羅雪芬該不會眞的提出什麼不得了的想法吧。

「施先生，你覺得他們在討論什麼？」

鐵木替自己撈了一匙牡蠣，心不在焉地嚐了幾口，發現施俐宸沒有回應，看過去才發現他又在看沈未青，鐵木忍不住拍肩調侃。

「看美女比較好下飯嗎？」

「不是這樣……」

施俐宸低下頭，把碗裡的食物 口氣塞到嘴裡，狠狠嚼著。在陳浩平坐回原位，跟沈未青攀談起來後，他更是往那邊瞪了好幾眼。鐵木搖搖頭，都這麼明顯了還嘴硬說不是。

「你啊，乾脆主動一點去跟她搭話，不然錯過時機就沒了。」

鐵木看施俐宸若有所思的樣子，自覺功成身退，拿著碗，打算去找其他人聊聊。

不想被捲進施俐宸的感情風暴，他是暫時不想接近沈未青和陳浩平了；羅雪芬和程煌裕現在還不方便打擾；林孟棋剛剛也聊過很多；剩下江儀……看她孤零零吃著菜的樣子，鐵木有些於心不忍，而且他還有些抱歉，便決定找她說話。

「哈囉，江同學，剛剛林小姐說在場的人或許可以互相幫助，完成彼此的願望，妳對這個怎麼想？」

江儀抬起頭，那雙眼睛充滿排斥。

「我對你哥哥的事情毫無線索；對宇宙通元的瞭解只有報紙上那些；其他人的願望我不知道；來這裡的理由我不想說。還有，請你說話時好好思考再開口，我不想拉低自己的智商。」

這和她剛剛對林孟棋的態度天差地遠啊！雖然之前鐵木宣稱她就是主辦方，但都已經道歉了，也不用這樣吧！就在鐵木啞口無言時，江儀繼續說了。

「我先跟你說，請你別小看我。」

「我沒小看……」

「你來找我說話，是因爲看我年紀小，又是女生，還一個人坐在這裡，覺得我可憐吧？這種同情毫無必要，反正你不會因同情就退出儀式，也不會因此就幫助我。在這場儀式裡，我跟你們是對等的。」

鐵木因被江儀說中而有些困窘，他確實是懷著點同情的意思，但他不覺得這有什麼好被指責的。他打算辯解：「我只是……」

「不用解釋。我就明講吧，你跟已經退出的孟棋姊不一樣，只是自以爲好人而已。在我看來，你主動說要爲大家介紹妖怪，只是要博取大家好感，你敢說完全沒有這種想法嗎？」

鐵木啞口無言。雖然沒想到這種程度，但不得不承認，每次召喚出妖怪時，大家不由自主地望向自己，確實讓他有種優越感。江儀繼續說。

「你跟那個陳浩平都很瞭解妖怪，要是陳浩平不是那種個性，你們對大家的威脅最大，想也知道應該先針對你們兩人。但現在不是這樣，大家會優先對付陳浩平，至於受過你好處的人，也不好意思針對你。若只是這樣就算了，但你要是欺騙大家，大家也無從得知，誰知道你是不是據實以告？你別誤會，我不是怪你，透過算計讓自己生存到最後，這很合理，但要是想打感情牌攏絡我，就大可不必。我沒打算跟你發展良好關係。」

鐵木驚訝到說不出話。他是沒想這麼多，但這樣聽下來，連他都開始覺得自己居心叵測了；不不不，他解說妖怪背景故事，是有些跟陳浩平互別苗頭的意思，但也就這樣而已。想跟別人打好關係，只要有機會，任何人都會這麼做吧？

雖然沒有講出阿里嘎該的所有能力，但也不是想要害人啊！不過，被江儀這麼一說，他不禁意識到自己確實下意識選擇了利己的作法。

這少女不簡單。

鐵木苦笑：「如果我說我沒有那種想法，妳也不會相信吧？不過，我想妳可以好好利用我的這份『算計』。」

江儀有些訝異，但仍警戒地看著他。鐵木微微笑。

「照妳的邏輯，至少在陳浩平被淘汰之前，妳可以安心問我所有有關妖怪的問題，不是嗎？不然妳只要跑去找陳浩平那個臭屁鬼，說一句『鐵木不願意說，但我想你應該知道』，他肯定就什麼都說出來，妳再比對一下我們說的內容，不就知道眞假缺漏了？」

「……確實如此。我也不希望陳浩平這麼快被淘汰。」

「對啊，妳看看，我『算計』了那麼多，肯定不會在這種地方露餡吧！所以，妳可以相信我。」

這番話，就連鐵木自己都覺得是花言巧語了！但他還眞佩服能說出這番話的自己。江儀皺著眉，視線飄向交談中的陳浩平和沈未青，像是想到什麼，忽然露出有些挑釁的表情，說：「那麼，你知道有什麼妖怪，可以殺死其他妖怪嗎？」

鐵木沒想到她會問這個問題。的確，在不確定那些民俗上防範妖怪的方法是否有效時，消滅其他妖怪稱得上是有效的保護手段。不過妖怪相鬥的傳說並不太多，他一時之間想到的反而是擅長殺人的妖怪，但說到守護自身、消滅外敵的傳說……

毒眼巴里。

他心頭浮現這個答案。

「也許毒眼巴里算吧？毒眼巴里是排灣族流傳的故事，不過，比起妖怪，更像英雄傳說，甚至被族裡的一些耆老當成史實來看待。雖然不確定這場儀式能不能召喚到祂，但妳想殺死其他妖怪的話，可以試試。」

江儀沒說話，眼神像是要求他說下去。

「毒眼巴里的故事是這樣的，有一名叫作『巴里』的少年，他火紅的雙眼有著特殊能力，被他看到的人和物都會死亡或燒燬。但他並不願傷人，因此將眼睛蓋住，住到了遠離村莊的地方。後來附近的異族模仿巴里家人的聲音，引誘他出來之後，砍斷了他的頭，但那些異族卻也被掉落頭顱的目光掃到，因而死光。」

「而在一些版本的故事中，巴里則是戰爭英雄，最後獲得了善終。另外，也有些版本是將這股力量轉移到弓箭上，從此便百發百中，不管是否命中要害都能致人於死。比較常見的版本差不多就是這樣……還需要我介紹其他妖怪嗎？」

「不用，這樣夠我確認了。」江儀搖了搖頭，「確實跟我剛剛聽到的差不多。」

「妳問過陳浩平了？」她的回答在鐵木的意料之外，原來江儀是在試探自己？這麼說，對相同的問題，陳浩平的答案也是毒眼巴里？

「只是剛好聽到而已。」江儀又搖了搖頭，「我也不白聽你的故事，我有一件想要確認的事情，等我證據蒐集夠了就跟你說。我猜應該也是和妖怪有關。」

這是怎麼回事？鐵木心中不禁生起好奇。先是羅雪芬，又是江儀，方才的儀式中難道有什麼他沒注意到的地方？

「好，我等妳。」

約定好後，鐵木回過頭，只見程煌裕、陳浩平、沈未青三人聚在一起，施俐宸一邊夾菜，一邊盯著那群人，羅雪芬則不見蹤影。不想在施俐宸盯著的情況下加入那群人，鐵木往廚房走去。

「……要是我無法活著離開儀式，妳能不能幫我一件事情？」

是羅雪芬的聲音。從廚房傳出來，她是在和林孟棋說話？

「既然是和對付宇宙通亢的事情有關，那自然要算上我一份。」

林孟棋的聲音清亮而堅定。

「太危險的事情，我也不好意思麻煩妳去做，我有一些重要資料，在我的朋友那邊有備份，但我不確定宇宙通亢知不知道這些備份的存在，所以……」

鐵木敲了敲門，打斷了她們的對話。

「不好意思，我不小心聽到了妳們的對話，從『要是我無法活著離開』這裡開始。應該是沒有聽到什麼太機密的，但我想我還是應該跟妳們說一聲。」

他不想偷聽，但都聽到了，就覺得該知會一下。羅雪芬似乎有些被嚇到，她說：「沒關係，不是什麼不能讓人聽的。」雖這麼說，她卻沒打算繼續說下去的樣子，「白飯應該好了吧，我拿去前面。」

「啊，好，小心燙。」

「沒關係，我不用抹布。」

羅雪芬將筆記本塞入外套口袋，雙手抬起飯桶，離開了廚房。林孟棋抓著抹布，愣愣看著羅雪芬離去。鐵木這才覺得自己剛才是不是做錯了，應該默默離開，之後再找時間向她們坦承自己聽到的事情。

「對不起，妳們應該不想被打斷的吧。」

「嗯？喔，沒關係。反正儀式沒有那麼快結束，我晚點再問她。」

「又是和宇宙通元有關吧？」

「嗯，是啊。來，馬鈴薯燉肉也好了，幫我拿去前面？」

「喔喔，好。」

鐵木隔著抹布抬起沉重的砂鍋，腦中忽然閃過某個想法。

妖怪檔案　燈猴

燈猴是用來放置油燈的燈架子，據說三年不燒，便會成精。

過去，在冬至的時候，漢人會將湯圓黏在生活器物上，慰勞它們在過去一年的付出。某一年，人們在各處都黏上了湯圓，卻獨獨漏了燈猴。辛苦工作卻得不到酬謝的燈猴心生怨恨，一怒之下，一狀告上了天庭。玉皇大帝聽信了燈猴所言，認爲人類好吃懶做、暴殄天物、忘恩負義，便決定要在年末時沉地降洪水，滅絕人類。所幸後來有其他神明求情，玉帝發現燈猴的指控是子虛烏有，最終收回了成命。

自此以後，人們相信燈猴久了便會成精搗亂，除夕之夜都要燒舊燈猴，換新燈猴。這遂成爲一項年節傳統。

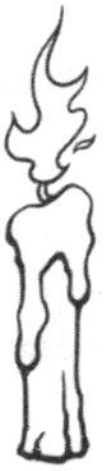

第三章

韭菜炒蛋、蝦仁豆腐煲、馬鈴薯燉肉，再配上紫菜湯。雖然沒有一開始魔神仔變出來的食物豐盛，在這樣詭異的場合，能變出這麼多道菜，也夠讓鐵木驚豔了。林孟棋從廚房回到儀式桌，也將溫暖帶了回來，氣氛輕鬆許多。大家各自夾著菜，慢慢聊開了，雖然都避重就輕，沒人特別談儀式的事。

林孟棋殷勤地為大家夾菜，還跟鐵木說「多吃點」。施俐宸悶著頭吃飯，仍時不時看著沈未青。但沈未青卻像沒事人一樣，連眼神都沒跟施俐宸對上，仔細一看，她是夾了幾道菜，卻吃得很少，不知是不是本就食慾不人。她若有所思地舔著筷子，那姿態予人異樣的嫵媚感。

不多時，菜盤都差不多見底了。看大家吃得差不多，鐵木開始將碗盤收拾到廚房。沈未青碗裡還剩半碗飯，鐵木問：「要我幫妳一起收過去嗎？」

「謝謝你，我可以自己端去。」沈未青起身走向廚房。

她的身影才飄然朝廚房移動，施俐宸已站起身，一屁股坐到沈未青的位子上，找陳浩平小聲攀談。他坐下時還稍微撞到收拾中的鐵木，雖不是多大力，但彷彿很急。難道他剛剛不是在看沈未青，而是陳浩平？鐵木心想。但他沒仔細聽他們在說什麼，八成是妖怪的事，但鐵木本就不喜歡偷聽。

走進廚房時，江儀正在跟林孟棋說話，似乎剛好說完。她回頭見到鐵木，欲言又止，但什麼都沒說，就穿過他身旁，離開廚房。林孟棋正準備洗碗，她見鐵木又收了一輪盤子進來，溫柔笑著：「放著就好。」

鐵木不好意思就這麼走開，立在流理台旁。

「謝謝妳煮的飯菜，很好吃，好像內心也溫暖起來。」他說的是真心話。林孟棋彷彿被逗樂了。

「瞧你說的呢！」

「不，我是說真的。」

長髮的護理師看來有些高興，她放低聲音：「好久沒聽到這麼真誠的道謝了呢。謝謝你，鐵木。」

鐵木一時不知該怎麼反應，他不覺得自己說的話哪裡值得「道謝」。廚房外的對話聲傳進廚房，聽語氣還算放鬆，或許大家也不想這麼快回到儀式中。鐵木決定趁這時把想說的話說出口。

「林小姐，我有個小小推論，不知道妳有沒有興趣？」

「什麼？」林孟棋抬頭看他。

「是很荒謬的想法，但我覺得不無可能……之前，妳不是說或許有不殺人就完成儀式的辦法？來到這裡的人，多少面臨無法解決的難題，像我是要找被惡靈給帶走的哥哥，妳則是要讓姊姊認清現實、脫離邪教，妳說，如果我們能解決彼此的難題，就不必參加儀式了。」

「是啊……我也覺得有些天眞，但總比互相殘殺好。」

「但羅小姐確實有可能幫上妳的忙，這讓我懷疑，一切眞的是巧合嗎？」

林孟棋像是被挑起興趣。

「什麼意思？」

「本來我想，不是有所謂的『六度分隔理論』嗎？現在還發展成了只要間隔四個中間人，就能聯繫任意兩人的『四度分隔』。所以妳們都跟『宇宙通元』有關係，這並不奇怪，但仔細想想看，有關連是一回事，能解決對方的難題，這機率就有點低了吧？」

「你的意思是，主辦方一開始就認爲參與者能解決彼此的難題，即使我們不參加儀式也沒關係？」

她腦筋動得很快。鐵木連連點頭。

「是啊！這樣的話，無論是沒明確要求用妖怪互相殘殺，或是允許我們退出儀式，都有合理的解釋了。」

林孟棋低頭思考，搖頭說：「但這樣一來，我們進行儀式豈不是毫無意義？要是本來就能解決彼此的難題，『說妖』反而成爲最多餘的東西了。」

「林小姐不是也這麼想嗎？」

「不是的，應該說，我沒考慮主辦方。我想，如果大家把各自的難題提出來，大家一起商討，也許就能找到解決的辦法。但那只能依靠巧合，要是我們必然能解決彼此的難題，就是主辦方刻意安排的。那樣的話，爲何要進行儀式？而且主辦方爲何不說明？」

確實如她所說。但鐵木就是覺得好像接觸到什麼離眞相很近的線索，雖然那種奇妙的感覺腦中飄浮，比風中的蒲公英種子還難捉住，但他決定堅持下去。

「雖然如此，我也不認爲『宇宙通元』的事是巧合。」

「鐵木覺得這些事跟『宇宙通元』有關？」

「我覺得很有可能。畢竟，作爲一個新興宗教，成員這麼多，最可能將我們這些看似無關的人聯繫在一起……」

「聯繫看似無關的人是一回事，剛剛鐵木不也說過，重點在解決難題嗎？鐵木的哥哥失蹤，是很久以前的事吧？『宇宙通元』是二〇〇五年才成立，時間應該對不上，很難想像會跟『宇宙通元』有關。」

「也是……」鐵木有些挫折，他本來還以爲發現了什麼線索。

「鐵木，你不用灰心。」林孟棋見他沮喪的樣子，微笑著說，「我知道你是在尋找互相殘害以外的解決方式。不過，幸好剛剛程先生說的『共同毀滅原則』，至少短時間內，大家應該還不會彼此傷害，或許在情況變成那樣之前，我們能找到大家都能接受的辦法，結束這個儀式。」

「林小姐，妳覺得爲何是我們呢？」鐵木不死心地說，「雖然我認爲自己遇上的狀況，確實是難以解決的難題，不過世界上面臨無法解決難題的人，應該多不勝數吧……但最後卻是我們八人，這其中難道沒有什麼理由嗎？」

林孟棋沉默不語，接著無奈地笑了。

「這恐怕只有主辦方才能回答。」

「但要是主辦方不出面呢？現在想想，就連放規則紙時都沒露臉，太奇怪了，一般來說，要是我們對規則有疑問，總該露臉回答我們吧？但他們卻沒這個打算。這樣下去，說不定直到儀式結束，我們都沒辦法知道內幕，完全只受主辦方擺布，這感覺……唉，眞是有夠討厭！」

「這倒是……就算是提供我們實現願望的機會，但完全不露面，感覺背後就是有些什麼陰謀……」

「對啊，我也這麼想。」鐵木被林孟棋肯定，立刻有了信心，「程先生也說，他不打算向主辦方屈服，在事情結束前，也許我們能做些什麼。」

「鐵木覺得我們能做些什麼呢？」

「我也不知道。不過我總覺得，現在來到這裡的，是我們這些人，背後一定有什麼理由……」話還沒說完，鐵木忽然有些暈眩，心中閃過一絲奇怪的感覺——

怎麼回事？爲何他覺得這段對話曾經出現過？

「鐵木？怎麼了？」林孟棋關心地問。

「沒、沒什麼。我只是想，要是能找出爲何選上我們的理由……或許就能知道這場儀式背後的眞正目的。」鐵木揮去心頭的迷霧。

「是有可能，但要怎麼知道主辦方選擇我們的理由？」

「或許……我們間有什麼共通點，要是我們坦白的話，就能找出來？」

林孟棋有些猶豫。

「不過，現在大家多半認爲彼此是競爭關係，眞的會說嗎？剛剛吃飯的時候，大家說的也都是無關痛癢的小事，我不覺得現在會有人敞開心胸……」

她說的也有道理。如果現在有誰詢問鐵木他的過去，他也不見得想說吧，除非是林孟棋來問，那就另當別論……他心中一動，說：「林小姐，確實如妳所說，那是因爲我們可能會彼此殘殺。但妳就不同了！我想現在大家應該都是相信妳的。」

「你要我去問嗎？」林孟棋按住自己胸口，有些意外，「可是，我不太擅長探聽別人的隱私……與其說不擅長，我也不喜歡……」

鐵木這才意識到自己的要求有些過分，他連忙說：「如果妳不願意，也沒關係，我先自己調查。」

現在，林孟棋是他唯一能夠相信的人，他可不想讓她失望。

「沒關係，我明白了，不過，希望能照我自己的步調來。要是問得太積極，也會被懷疑吧？那時，就麻煩鐵木你來幫我，向大家表明都是你唆使我的喔！」

林孟棋雖有點勉強，但看來是下定決心了，她做了個小小的鬼臉。

「當然，我會負起責任的！」鐵木高興地點頭。他忽然注意到這話彷彿有弦外之音，但要是戳破，反而更尷尬，便連忙找了藉口離開廚房。

□

有人泡了茶。

鐵木不知道是誰泡的，但每個人前方都放了一個瓷杯，鐵木的位子也不例外。才剛坐下，香氣便搭著熱氣綻放出來。均勻的紅色在燭火下，就像琥珀般。不知爲何，每個人杯子形狀不同，看來這裡並沒有準備成套的杯子組。

「要加牛奶的話，冰箱裡有。」羅雪芬說。她看來剛喝完紅茶，正要將杯子拿到廚房去。

「謝謝。」鐵木說。

江儀靠近鐵木，小聲問：「你剛跟孟棋姊在聊什麼？講這麼久。」

「有很久嗎？」鐵木一時間有些猶豫要不要講剛剛的談話內容，但他決定不要隱瞞，免得江儀之後又說自己不可信，「我只是在想我們有沒有什麼共通點。天下間這麼多有難題的人，為何選擇我們？」

「是喔，孟棋姊怎麼說？」江儀聲音壓得很低，頭髮掃過鐵木的臉頰。

「……她覺得有可能。江同學，妳覺得呢？如果我們把自己的身家背景說出來，說不定能找到什麼隱藏的共通點，甚至知道主辦方的企圖喔。」

有這麼一下，江儀彷彿想說什麼，但她深深吸了口氣：「你說的是不是眞的，我之後自然會向孟棋姊求證。我有別的事跟你說，過來一下好嗎？」

她說著便站起身。鐵木好歹是研究生，比江儀大了快十歲，江儀講話卻不怎麼客氣。鐵木只能苦笑，隨她到一旁去。江儀把他帶到離圓桌最遠的地方，轉過頭，神情十分嚴肅：「我問你喔，你進到這裡後，有沒有『這件事好像發生過』的感覺？」

咦？

江儀見他愣住，補充說明：「就是……覺得之前好像發生過，但明明沒發生過。我們到這裡才幾個小時，到底有沒有發生過，應該很好判斷吧？你知道我在說什麼嗎？」

「妳是說『既視感』?」鐵木說，江儀聞言鬆了口氣。

「你知道這個詞就好，不然好難解釋。沒錯。有嗎?」

鐵木確實有這種經驗，仔細一想，最初他聽沈未青的故事，腦中就已經閃過「既視感」三個字，但他以為是錯覺。剛剛跟林孟棋說話，他也覺得那段對話曾經出現過——

他心中一凜。如果這是「既視感」，出現的頻率未免有些高了吧?他過去也有過既視感，但幾個月才會出現一次，有時甚至相隔好幾年。

「你也有吧?」江儀將聲音壓到極低。

「妳說『也』，難道……」

江儀點了點頭。

「對，不只是你，來到這裡後，我也有過，還有其他人，我私下確認過，像是剛剛也問過孟棋姊，她也有同樣的經驗。你明白了嗎?如果一個人就算了，這麼多人，這麼頻繁地感到既視感，這絕對不尋常。所以……這應該是妖怪做的吧?問題是，是什麼妖怪，又是爲什麼這麼做?鐵木，你怎麼想?」

鐵木大感意外。他是知道江儀敏銳，但這也太敏銳了吧!他雖有過既視感，在一般的情況下，會有人懷疑別人跟自己一樣有既視感嗎？這人該不會是主辦方的人吧……這種懷疑再度浮現在他腦海。

但他把這種猜想甩到一邊。

無論如何，如果不只自己有這麼頻繁的既視感，那這一定是異常現象；所以江儀的猜測——這是妖怪造成的——十分合理。鐵木想不到主辦方的人有何必要提示這點。如果主辦方的人真的混在這裡面，什麼都不做、完全不引人注目比較合理吧？

「妳說會是什麼妖怪……但在規則上，只可能是沈小姐召喚的燈猴吧？」鐵木說。

沒錯。

規則暗示過，使用妖怪的力量後，妖怪就會消失，所以魔神仔已經不在陳浩平手上。這不是魔神仔造成的。在那之後，就只有沈末青召喚的燈猴。其實那時鐵木就懷疑過，沈末青一定隱瞞了燈猴的能力；但燈猴傳說……到底要怎麼跟既視感產生關係？

「不一定是沈姊姊吧？」江儀瞪著鐵木說。一時間，鐵木還有些摸不著腦袋，但他馬上就醒悟過來了。

「妳懷疑我？」鐵木意外地說。確實，除了沈未青外，自己也召喚到了阿里嘎該。但不可能是阿里嘎該啊！鐵木非常清楚，自己尚未使用阿里嘎該的能力，雖然看不到，但作爲召喚者，他能感到阿里嘎該仍在這裡。

「召喚過妖怪的都應該要懷疑吧？你這種理所當然跳過自己的態度，簡直是把我當笨蛋耶。」江儀不滿地說，「總之，對此你有什麼想法？是你的阿里嘎該，還是沈姊姊的燈猴？」

「當然不是我的啦！」

「那你有辦法證明嗎？」江儀澄澈中帶著冷酷的雙眼直視鐵木，「如果不是阿里嘎該的話，你應該能讓祂現身吧？要是你做不到，就表示你已經用過了。」

「不行啦，妖怪只有使用能力時才會現身。」鐵木見江儀一臉不相信的樣子，連忙說，「眞的，雖然規則紙上沒說，但妳召喚到妖怪就知道了，使用方式會流進妳腦海。妳要是不相信，可以去問陳浩平和沈小姐啊！對了，剛剛也說了，要是我眞的用過妖怪的能力，妖怪一定會現身，妳不可能不知道吧？」

「你難道不能偷偷用嗎？譬如說，躲到廁所裡，神不知鬼不覺地用。」

「不可能啦，別的妖怪就算了，阿里嘎該可是巨人耶！祂有多大，妳剛剛應該見過了，有可能偷偷用嗎？」

「也是……不過，要是使用妖怪的能力時，妖怪一定現身，不就表示沈姊姊也沒用過妖怪了？」江儀看著鐵木，「這樣一來，就會得到一個離奇的結論。」

咦？

鐵木呆住。

如果不是自己，也不是沈未青……不就表示沒人使用過妖怪的能力？

「鐵木，這個『既視感』，是妖怪能力造成的沒錯吧？」

「等、等一下……」

這到底是怎麼回事？難道說，那是魔神仔的後遺症？不，不對，鐵木忽然想到一件關鍵之事，忍不住深深吸了口氣，臉色微變。

「江同學，我忽然想到一件事，我第一次產生『既視感』，是在沈小姐說裂嘴小女孩故事的時候。」

江儀眼珠子咕溜一轉，馬上瞭解他的意思。

「等等，可是，這樣的話——」

那是在陳浩平召喚出魔神仔之前。也就是說，那時根本還沒有任何人召喚出妖怪！

「你是想說，這不是妖怪造成的？只是巧合？」江儀皺起眉。

「我不這麼想，如果這不是一、兩個人的體驗，很難想像是自然現象。」

「雖然我很不願這麼說，因爲我依然覺得是妖怪做的……」江儀彷彿在指正他，「不過既視感其實是一種自然現象。」

「呃……對啦，我聽說過，好像是某塊腦區異常放電造成的錯覺？」

「我聽到的說法是視覺訊號進入腦中不同步引發的現象，不過異常放電應該也能造成吧……據說有癲癇的人，更容易頻繁產生既視感。要是不考慮妖怪，難道現在發生了某種怪現象，迫使我們腦中異常放電，所以才產生既視感？」

鐵木沉默片刻。

「這也不是不可能……」

「你覺得不是妖怪造成的？」

「很難講，這仍然是異常現象，不過或許跟我們召喚妖怪無關，我猜是主辦方造成的。妳看，我們不是收到奇怪的邀請，然後就出現在這裡嗎？來到這裡前，我身上都濕了，那是因爲我遇上山難，所以我也不是沒有想過，這該不會是死後世界之類的……」

江儀臉色變得很難看。

「你是說……我們已經死了？」

「我不知道。不過，我們本來分散在不同地方，轉眼間就聚集在一起，加上不會前進的時間，這個空間一定不尋常。所以，該不會其實我們的身體還在原處，只有意識被召喚過來了吧？本來我是這麼想，但剛剛忽然想到，不是有種說法，認爲意識是腦部活動造成的嗎？那麼，或許不是意識被召喚過來，而是主辦方用某個妖怪的力量，將這個空間打入我們腦中，而副作用就是異常放電，這就是『既視感』的由來。」

「我很難相信。」江儀抗拒地說。

「我也只是隨便說說。」

「不是，如果是這樣的話，羅小姐不是正在被追殺？要是她身體還在原處，現在已經被殺死了，失血過多的身體不可能維持大腦運作太久。你的身體也是。如果一直淋雨，很快就會失溫而死。那麼，至少你們兩位應該已經消失了。」

啊，有道理。鐵木忽然放心了。雖然這是他自己提出的說法，而且說出口時，也做好「或許自己已經死了」的心理準備，但被江儀這樣直接戳破，還是令他鬆了口氣。他還不想死。

但這樣一來，到底為何會有既視感，原因依舊成謎。

「算了，」江儀搖搖頭，「總之，這件事不尋常，如果鐵木你能想到哪個妖怪能做到這件事，請你告訴我，這或許能幫我們瞭解我們真正的處境。不過現在……算了，沒事。」

江儀臉色還是不怎麼好看，看來「大家可能已經死了」的衝擊性，還是對她造成了影響。她咬著下唇，話沒說完便轉身走回自己座位。鐵木心情也十分複雜，他同意江儀所說，這種怪現象可能關係到他們真正的處境，但「沒有妖怪有機會造成這種現象」，更令他在意。

他想到一種可能。

有沒有可能，其實魔神仔不是最早召喚出來的妖怪？要是有妖怪在沈未青講故事前就被召喚出來，那就合理了。但問題是，從剛剛的情況來看，妖怪在被召喚出來的瞬間，一定會現身，使用能力時，也會現身，難道有妖怪能不被發現地召喚出來、發動能力？

確實有。他想到魯凱族的鬼靈「艾里里安」。

「艾里里安」這個名字，本來就是「隱藏者」的意思，祂是看不見的。既然如此，當祂被召喚出來，根本就不會現身吧！這符合現況——或許有個誰也不知道何時被召喚出來的存在。

但即使有人曾經召喚出艾里里安，也沒告訴任何人，這依然無法解釋「既視感」。傳說中，艾里里安會群聚在「鬼靈域區」，在「鬼靈域區」中犯下禁忌的人，會被艾里里安詛咒。這跟「既視感」沒半點關係。

說到「既視感」，阿里嘎該還比較有關。阿里嘎該傳說中，祂化身為女人的丈夫欺騙她，等真正丈夫回來時，時間逆流回去，這還比較有「事情已經發生過」的感覺。問題是，既然阿里嘎該被自己召喚出來了，這現象就不可能是祂造成的。

那到底是誰、又是為了什麼做出這件事？鐵木不禁憂鬱起來。

□

儀式繼續下去。

但鐵木心不在焉，他沒認眞聽別人的故事，一直在思考江儀丟給他的難題。當然，「既視感」也可能是種幻覺，如果陳浩平一開始使用魔神仔時，其實不只用了一個幻覺呢？該不會直到現在，他們都還在魔神仔的影響底下吧？「既視感」又有一種說法叫「幻覺記憶」，該不會連鐵木以爲「第一次產生既視感是在沈未青說故事時」都是幻覺造成吧？他不由得看向陳浩平。明明在那之後，那位年輕公務員就沒召喚到妖怪，他卻一副遊刃有餘、滿不在乎的樣子，是因爲他眞的暗中動了什麼手腳？

他心機有這麼重？

鐵木又看向沈未青。雖然燈猴應該跟既視感無關，但被江儀一提醒，他開始考慮「偷偷使用妖怪」的可能性。跟阿里嘎該不同，燈猴並不大，那麼，有沒有可能趁人不注意時偷偷使用？

每個召喚妖怪的人，都只知道與自己所召喚妖怪有關的相關細節，這使鐵木很難判斷其他人的情況。

而且說到沈未青……鐵木這才發現她十分低調。或許她本就不愛說話，但如此低調，讓鐵木感到有些不自然。難道說，這與她召喚到燈猴有關？才正思考著，沈未青忽然朝鐵木嫣然一笑。

鐵木這才發現自己目光居然一直停在沈未青身上，還被發現，實在太丟臉了。不過，對於不客氣地盯著自己的人，沈未青居然能冷靜報以微笑，令鐵木有些佩服。或許身為美女，她已經相當習慣他人目光了吧？

現在是輪到施俐宸說故事，接下來就要輪到鐵木了。他收拾思緒，重新回到儀式上。施俐宸說的是他學生時期被霸凌時遇到的怪事，那時流行詛咒連鎖信，他就寄了連鎖信給欺負他的人，後來那個人就出事了。

江儀默默地聽著，她對施俐宸遭到霸凌似乎抱著同情。這時，一名年輕女性空降在圓桌中央，穿著漢人服飾、梳著辮子，明顯是清朝人。雖然身形與皮膚色澤都和人類十分接近，但富有時代感的裝束，讓人感覺到祂確實是怪異的存在。

「咦？是我？啊……喔喔……」施俐宸本來有些意外，他沒料想到自己會召喚到妖怪，但或許是使用妖怪的方法直接流入他腦中，他張大眼，對著無人的地方點頭，同時發出像是理解的聲音。

女性消失了。

「她是妖怪？看起來……跟人好像。」江儀喃喃說。確實，先前召喚出來的魔神仔雖然像是小女孩，身上卻有濃烈的邪氣，至於燈猴與阿里嘎該，看起來就不是人類，但這位女性除了裝束，看來卻十分平凡，甚至帶著點憂傷。

「鐵木，那是什麼妖怪？」維雪芬問。這下可難倒鐵木了，看起來這麼像人，或許是林投姐之類的鬼魂，或是有易容成人類模樣的精怪。就在鐵木猶豫時，施俐宸自己開口了。

「金魅。」工程師喃喃說，「她叫作金魅。」

「啊，原來是金魅！陳浩平也長長地「喔」了一聲，說「原來啊」。看來連他也沒辦法在第一時間看破。

「金魅是怎樣的妖怪？」

江儀雙手捧著馬克杯，轉頭朝鐵木他們的方向看過去。因爲施俐宸剛好在鐵木旁，所以鐵木不確定她在問誰，就猶豫地看向旁邊的施俐宸，這時陳浩平用頗大的音量開口。

「喂，你怎麼不講話？『妖怪專家』！」陳浩平語帶諷刺，讓鐵木有些不爽，但他忍住嗆回去的衝動，吸了口氣。

「金魅，又叫代人做工的金魅，也稱爲吃人的金魅。她原本是一名叫金綢的『媠媒嫺』，『媠媒嫺』有點類似婢女，但不被當成人，而是物品，後來金綢被女主人虐待而死，因爲『媠媒嫺』被當成物品，所以這也不犯法，不算是殺人。之後，女主人本來想買新的『媠媒嫺』，卻發現金綢死後，居然還有人打掃家裡，很奇怪，後來才知道是死去的金綢繼續給他們家做事，於是女主人就跟金綢做了協議，雖然金綢是被她所殺，但只要金綢不作祟，她每年給金綢吃一個人，但金綢要繼續幫他們家勞動……」

忽然傳來「匡啷」一聲，江儀手上的馬克杯掉下來，幸好裡面已經沒多少紅茶了。鐵木嚇了一跳，連忙站起來，要尋找抹布或毛巾。這時對面的羅雪芬從口袋裡掏出手帕，快步走到江儀身邊擦桌子，江儀將馬克杯扶起來，臉色有些難看，呼吸也比剛才急促。

「不用怕，」羅雪芬溫柔地說，「雖然是吃人的妖怪，但剛剛約定好了，沒有人會用妖怪殺人的。就算有人想這麼做，也做不到。妖怪沒辦法傷害我們。」

鐵木呆了呆，原來是這樣啊，江儀畢竟還是女高中生，聽到妖怪會吃人，終究還是會怕的。不過，羅雪芬的說法也太理想化，就算只是安慰，妖怪怎麼可能不傷人？

「沒關係，謝謝，不過不是這樣。」江儀接過擦乾紅茶的手帕，拿到流理台沖洗，並掛在旁邊的架子上。她回到位子上，看來已冷靜不少，羅雪芬拍拍她的背，回到原位。

「鐵木，我很好奇，爲何金綢要繼續幫女主人做事？就算可以吃人好了，女主人可是殺了祂的人喔，不作祟就已經夠好了吧！還幫她做事？」江儀問。

她一張俏臉微微泛紅，原來這才是她剛剛反應這麼大的理由嗎？因爲她爲金綢的命運感到憤怒？

「我也沒辦法幫祂回答。不過，以前臺灣漢人女性地位低下，要是未婚就死去，將無法受到後人祭祀，我想金綢可能是不得不妥協，畢竟要是女主人不祭祀自己，也沒有其他人能祭祀了。」

「但祂也可以作祟，逼女主人祭祀祂吧？」

這倒是眞的。其實許多姑娘廟就是這樣來的。死去的女子要不是作祟，要不就是顯神蹟，背後的理由都很單純：祂們無人祭祀。鐵木苦笑：「是這樣沒錯，我也不知道爲何祂做這種選擇。」

「這種事一點都不重要吧？」陳浩平不耐地插著手，「總之，後來女主人就開始祭祀金綢，並改名爲金魅。雖然現在很少聽到，但金魅是臺灣罕見以吃人聞名的妖怪，那個女主人每年都要帶一個人到金魅的房間去給她吃。」

「重不重要，我自己會決定。」江儀瞪了陳浩平一眼，接著轉向鐵木，「接下來呢？『鐵木哥哥』，還有什麼能補充的嗎？」

她顯然是刻意要氣陳浩平，果然陳浩平滿臉不快，但這氣卻是出到鐵木身上。他雖閉上嘴，卻瞪了鐵木一眼。鐵木只能尷尬地繼續說。

「總之，祭祀金魅是很不好的事，據說祭祀的人都沒有好下場。不過，似乎過去不少旅館會偷偷祭祀金魅，因爲旅館需要乾淨的環境吧，只要每年讓金魅吃人，就能省下大量的勞力活，這些都交給金魅做就好。只要示範給金魅看一次，祂就能完全照辦，但要是示範錯誤，祂也會重複那些錯誤。不過，金魅傳說在日治時代就很少了，現在可能完全消失了吧？」

「我有個問題。」發問的居然是施俐宸，他從剛剛開始就有些奇怪，神情恍惚。他說，「剛剛說金魅能吃人，對吧？」

「對，那是金魅最主要的特徵，所以才被稱爲『代人做工的金魅，吃人的金魅』。」

「你確定？沒有弄錯？」

鐵木感到有些奇怪，卻還是點了點頭。

「人被吃了，當然就死了吧？」

這什麼奇怪的問題？鐵木感到奇怪，但他看著施俐宸，心下駭然；這位工程師青年臉上燃燒著一種複雜的表情，複雜到他看不出到底在想什麼，但他可以感到一股強烈的情感，支配了施俐宸臉上所有的肌肉運動，還有他的呼吸與吞咽。他釋放出一種彷彿被惡靈附身的氣勢。

「……爲什麼這麼問？」鐵木故作輕鬆。

「沒什麼，只是確定一下。」施俐宸轉過頭。但一群人坐著，要是有一個人特別低氣壓，其他人也不可能開懷。現在就是這種情況。大家都注意到施俐宸似乎正處在某種難以無視的情緒中。

「施先生，你怎麼了？」羅雪芬問。

施俐宸沒說話，只是搖了搖頭。他這樣的態度令其他人不好繼續追問。雖然有些尷尬，但鐵木刻意用開朗的語氣說：「接著輪到我了，我們繼續儀式吧。」

他心臟怦怦跳著。

不知爲何，他有種不好的預感；本來還算是溫和友善的施俐宸，爲何忽然變成這樣？因爲他召喚到了妖怪？爲什麼？一個故事講完，輪到下一位，坐在他旁邊的施俐宸彷彿對這一切毫不關心，他雙手緊緊握在一起，大拇指彼此搓揉，壓出白色的指印，光看著就有些痛。

輪到沈未青了。她正要開口，工程師就站起來說：「等一下。」

所有人看著他。

「沈小姐，在妳開始講故事前，我想問妳一個問題。」施俐宸拿出手機，操作觸控面板，選了一個畫面，對著沈未青說，「妳認識這個人，對吧？」

鐵木意外地看著他，施俐宸呼吸急促，顯然情緒異常激動。他想到施俐宸曾經問他阿里嘎該能不能變成某個人，難道這就是原因？他認爲沈未青認識照片上的人，所以想試探沈未青的反應？

「這與儀式有關嗎？」程煌裕提出合理的質疑。

「這不關你的事。沈小姐，請妳回答。」施俐宸沒半點退讓的打算。沈未青表情毫無變化，她就像朋友拿東西給她看，以極爲輕鬆自然的態度向前看著螢幕，點了點頭。

「我認識他。」

施俐宸冷笑一聲：「認識他。妳說的倒是輕描淡寫，他是妳前男友。妳知道他死了嗎？不，妳一定知道，我用他的手機寄喪禮訊息給妳過，爲什麼妳沒來？」

「我另有安排。」

「另有安排，一定是重要到不行的事吧？那我問妳，妳爲何跟他分手？」

「兩個人分手有很多因素──」

「妳不要再說謊了！」施俐宸漲紅著臉，「我調查過妳！妳同時跟很多男人交往吧？妳很聰明，可能覺得沒留下什麼線索，但在數位時代要留下足跡太容易，只是沒人主動調查妳罷了！因爲他對妳認眞，想要跟妳結婚，妳才甩掉他，對吧？妳這個爛女人！妳知道妳甩了他對他有多大影響嗎？」

青年猛然爆發出來的憤怒，讓在場的人啞口無言，他們都沒想到施俐宸會在這時爆發出來。鐵木更是心情複雜，他猛然意識到自己從頭到尾的誤會了，原來施俐宸會一直看著沈未青，是因爲他認識她。他一直在找機會質問沈未青。

接著出現在他腦中的想法是，原來沈未青是那種女人。

他不是沒聽說過「那種女人」，只是沒想到能親眼見到。原來如此，沈未青確實有那種資質，光看一眼，絕對想不到她是那種女人。這時的沈未青，雖然被施俐宸痛斥，但她卻沒擺出委屈之類的做作姿態，仍是一副事不關己的表情，她以鈴鐺般清澈的聲音說話。

「他死了，我很遺憾，但我無能爲力，因爲他的死與我無關。」

「與妳無關？妳倒是撇得很乾淨，如果不是被妳甩掉，他就不會借酒澆愁，本來這麼健康的他，怎麼可能突然暴斃？」

「我無法爲這件事負責。」

「妳也沒有想負責。妳想裝成沒這回事，想裝成根本沒這任男朋友過，繼續過妳的快活人生吧！媽的，剛剛妳收餐具時，我檢查過妳手機，妳甚至把他的line給刪了！為何是妳這樣的人活下來啊！」

施俐宸聲嘶力竭，鐵木這才想起，當時施俐宸確實很快坐到沈未青的位子上，原來是要偷拿她的手機？不過，他到底是怎麼解鎖沈未青的手機的？難道在現實中，他早就用某種方法對沈末青的手機做過什麼？駭客技巧？

若是這樣——鐵木忽然想到——那就表示他們一定是以肉身來到這裡，才會帶來真正的手機。

「那你想要我怎麼做呢？」沈末青靜靜地問。

「道歉。」施俐宸微微喘著氣，「我來到這裡時，根本沒想到會遇到妳，他給我看過妳的照片，但我怕只是剛好長得像……但看到妳的手機，我就知道了。雖然這不是我參加『說妖』儀式的最終目的，但也差不多了，妳必須為他的死付出代價！」

「我沒辦法。在這裡的道歉毫無意義，要是儀式結束時，我們能活著離開，那你要我在他墓前道歉幾次都沒問題。」

「妳少來了。」施俐宸冷笑，「妳根本沒有歉意。來到這裡後，我就知道妳是這種女人。反正男人都會向妳示好，把妳捧在掌心供養，妳一定覺得誰對妳好都是理所當然吧？連line帳號都沒留下，妳要我相信妳有歉意？要是我沒留到最後、得到妖怪，妳一定離開這裡就徹底忘掉他的事。就算我得到妖怪，妳被迫去道歉，一定也只是做個形式，妳根本不會放在心上！」

「如果你不相信我，那我怎麼說都沒有用。」

「沒錯，因爲我跟他不同，我已經看穿妳了！」施俐宸雙肩隨著呼吸高低起伏，光是在他身邊，鐵木就覺得壓力好大。工程師直直看著沈未青。

「我要妳退出儀式。」他說，「我唯一能爲他做的，就是懲罰妳。我要剝奪妳實現願望的機會，妳不會成爲儀式的最後一人。」

鐵木震驚地看著他。雖然不知道沈未青參加「說妖」的動機，但如果像鐵木一樣，她有非常希望達成的事，那施俐宸的要求無疑十分殘忍。鐵木轉向沈未青，她第一次露出爲難的表情。

「我是眞的對他感到抱歉。對於你的要求，我也很遺憾，我做不到。」

「妳非做不可。別忘了，我手上可是有『吃人的金魅』，妳要是不退出，我就讓金魅吃掉妳。」

鐵木全身起了雞皮疙瘩，他沒想到這場儀式的第一次「殺人」，竟會是這種情況！他半舉起手，想說些什麼，腦中卻一團混亂，不知要怎麼開口。

「施先生，別忘了，剛剛我們說過的『共同毀滅原則』。如果你用妖怪殺人，我們就不得不殺了你。」程煌裕冷靜地提醒。

「你們要怎麼殺？剛剛曾經被召喚出來的『燈猴』跟『阿里嘎該』，都沒有殺人的能力吧？」

「遲早會有人召喚到能殺人的妖怪，那時我們就會動手。」

施俐宸「哈哈」笑了，但他臉上的表情卻悽慘至極，一點也看不出笑意。

「程先生，你說的『共同毀滅原則』，是在彼此都害怕毀滅這個結果之下才成立的，但我沒什麼好怕的，要殺我就來啊！沈小姐，這是妳最後的機會……給我退出儀式！」

「做不到。要是無法實現願望，我也與死無異。」沈未青認真地看著他。

到底她的願望是什麼？鐵木忍不住想。這個死亡威脅，可是毫無餘地的！如果有一定機率活下來，他可以瞭解沈未青為何不願放棄，畢竟那值得一賭。但金魅吃人，必死無疑，根本連賭都沒必要啊！

那股在背後支持沈未青的力量，到底是什麼？

「這是妳逼我的。」施俐宸滿頭汗水，臉上露出扭曲的笑容，朝沈未青舉起手。這一刻，鐵木下了決心。要是她真的被吃掉，鐵木就要用阿里嘎該的能力退到過去，挽回這件事。問題是，要回到哪個時間點？到底要回到哪裡，才能徹底阻止這個悲劇呢？

「金魅，吃了她！」施俐宸的聲音就像炸彈一樣，以極大的壓力橫掃圓桌。包括鐵木在內，所有人都縮起身體。施俐宸幾乎沒給他們任何緩衝時間，妖怪殺人的威脅就直接降臨眼前——

但什麼都沒發生。

所有人都在等。等待金魅現身，等待某種前所未見的死法降臨在沈未青身上。但幾秒鐘過去，甚至到了十幾秒，沈未青依然坐在那裡。她等待命運的模樣，簡直像「蒙娜麗莎的微笑」一樣平和。

「……這是怎麼回事？」

發問的是施俐宸。他激動地抓住鐵木的手：「你不是說金魅可以吃人嗎？爲何現在什麼都沒發生！」

「金魅是可以吃人啊！」鐵木大吃一驚，「你都召喚出金魅，難道沒告訴你該怎麼使用？」

「就是因爲當時出現在我腦中的能力不包含吃人，我才感到奇怪，特別向你確認的啊！」

他的話就像朝鐵木丟下震撼彈。鐵木一時甚至不明白他在說什麼。

「等一下，什麼意思？」陳浩平皺起眉，「這是開什麼玩笑？金魅不能吃人，那還是金魅嗎？」意外地，他不是用嘲諷的語氣，而是以嚴厲、譴責的態度開口。

「你騙我……」施俐宸氣到抓著鐵木的手都顫抖了，「這儀式到底有何意義？連這個人都殺不掉，到底能實現我什麼願望啊！」

「施先生，你冷靜點，我們到旁邊好好冷靜一下。」程煌裕起身走到施俐宸身邊，半拖著把他拉到隔壁獨立的小房間裡。施俐宸也沒抵抗，他看起來萬念俱灰。這下儀式是進行不下去了，但其他人也靜不下來，剛剛發生的事，徹底顛覆了他們對儀式的認知。

仔細一想，阿里嘎該在傳說中明明也吃了嬰兒內臟，這點卻沒有反映在「能力」上，當時鐵木就該有所警覺了。但他以爲阿里嘎該殺人簡單至極，沒必要視爲一種「能力」。他沒想到那是「不能殺人」的意思。

在這場儀式中，妖怪殺不了人？

這大概算是好事吧，鐵木稍微鬆了口氣，但他無法眞正放心下來。因爲，這下他是真的想不通了，要是妖怪殺不了人，那要怎樣才能剩下最後一人啊？這儀式的目的到底是什麼？他們到底要怎麼做才能離開這裡？

該不會……他們會被困在這裡，進行這個亂七八糟的儀式，永遠出不去吧？

鐵木心裡不禁浮現最糟糕的想像。

妖怪檔案　金魅

很久以前，有位名叫金綢的媠媒嫺被女主人虐待致死。「媠媒嫺」類似婢女，地位十分低下，被當成物品，因此虐待致死也不算犯法。女主人不以爲意，本想買新的媠媒嫺，卻發現金綢死後，居然還有人打掃家裡，十分奇怪。而買來的媠媒嫺，隔天卻離奇失蹤了，只留下頭髮和耳環。

女主人覺得新媠媒嫺一定是被金綢吃了，於是她打算和金綢做協議，雖然金綢是被她所殺，但只要金綢不作祟，她每年會給金綢吃一個人。條件是，金綢要繼續幫他們家勞動。

金綢答應了，女主人爲她立了牌位，改名「金魅」。

此後，女主人每年都會買一個被社會遺棄的殘障之人到金綢房裡住，隔日那個人就會被吃掉，而家裡一如往常地，乾乾淨淨。

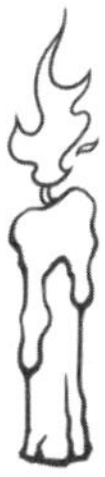

第四章

施俐宸被程煌裕帶到房間去，儀式桌前的沉默氣氛帶著某種騷動，大家彼此看著，疑惑、不安、焦慮……視線甚至有些刺痛。但沈未青依然不爲所動，不只沒有逃過一劫的安心，剛剛的事，簡直對她毫無影響，難道她連會不會被殺都不在乎嗎？

房間偶爾傳來施俐宸含糊的聲音，他情緒還是有些激動，聲音時大時小。羅雪芬像是無法坐著不管，她站起來敲敲那房間的門，小聲對裡面說話，接著走了進去。

鐵木可以理解，他自己也平靜不下來。

「鐵木，我問你，金魅不能吃人，那你召喚的阿里嘎該呢？」江儀問。沒想到她會問這問題，鐵木想，這表示她還算相信自己吧？

「……似乎也沒辦法。傳說中，阿里嘎該曾經變身婦女，吃掉女嬰的內臟，但我召喚出來的阿里嘎該沒有吃掉內臟這個能力……啊，當然，也沒有吃人，或其他傷害他人的能力。我原本沒想太多，畢竟在阿里嘎該傳說中，也不是必然有內臟的情節。但連金魅都無法吃人，那就不同了，畢竟，吃人是金魅傳說的主要情節。」

「沈姊姊，妳呢？」

沈未青回過神。

「燈猴也無法傷人。但祂本來就不是可以傷人的妖怪，所以我沒察覺到這點，也不覺得有什麼重要的。」

她看著鐵木跟江儀，鐵木卻下意識避開視線。在知道她是欺騙別人感情的女人後，鐵木總覺得有些反感，無法心平靜氣面對她。這時，程煌裕從房間裡出來，他說：「羅小姐還在安撫施先生，但他沒大礙。」

「他會退出儀式嗎？」沈未青問。她主動問這問題，讓鐵木有些意外。

「這要看他自己。」程煌裕頓了一下，「不過，重要的是儀式本身。我問了他一些問題。先講結論吧。如果妖怪能做的事，只限於召喚時流入腦中的情報，那妖怪無法傷害我們的可能性很高。雖然，也無法排除金魅這種妖怪不是以傷人爲主要目的可能性……」

「不太可能，金魅確實是以『吃人』傳說聞名的。」鐵木說。

「嗯，主要問題是這場儀式中，妖怪的主動性低到驚人。像阿里嘎該那樣的巨人，只要祂想，用一根手指就能壓死我們，連妖術什麼的都用不上。但如果祂能做的事被限制在特定的能力裡，反而會連這種小事都做不到。鐵木，你能自由讓阿里嘎該現身，或是做出某些動作嗎？你能跟祂溝通嗎？」

「……不行。」鐵木有些無奈，「我不確定是不是所有召喚出來的妖怪都這樣，但召喚出阿里嘎該時，腦海確實流進了一些細節，只有當我使用其能力，阿里嘎該才會現身，但在那些能力以外，我沒辦法利用阿里嘎該做些什麼。」

「施先生說金魅的情況，也類似如此。如果連金魅都不能吃人，那將來出現能傷人的妖怪的機率，會非常低。因爲比例太不平衡了，會給能傷人的妖怪極大優勢。這種設計，除了一開始就想避免我們自相殘殺，我想不到別的理由。」

「開什麼玩笑。」陳浩平彷彿有滿腹冤屈，「妖怪不能害人，不是很難受？祂們原本就是自然界裡令人畏懼的存在耶，刻意讓祂們不能害人，不就像是被閹割一樣嗎？光想就覺得憋屈死了。」

「那麼，魔神仔可以害人嗎？」程煌裕。

「我那時候沒想太多就用了，誰記得啊！說不定有，只是我沒注意到，哼，早知道就試看看了。」

「燈猴呢？雖然聽來不像能害人的妖怪。」程煌裕問，他剛剛沒聽到沈未青的話，沈未青搖頭否認。這時，羅雪芬也從房間出來。

「施先生還好嗎？」鐵木問。

「他說讓他靜一靜。雖然我覺得不能放著他一個人，但他堅持。」羅雪芬說。

「怎麼，妳怕他自殺？」陳浩平冷笑，「放心吧，有強烈願望還想要求死的話，表示他的願望不過爾爾。他要是自殺了，正好讓我們可以知道儀式會怎麼判斷這種情況。」

他的話引來大家的瞪視，但鐵木知道他為何這樣說——死亡算是退出儀式嗎？理論上是這樣，但如果主辦方真的不鼓勵大家互相殘殺，也可能被判定為「失敗的退出」。因為沒有宣告退出，也無法跳過，儀式可能永遠無法進行下去。換言之，這讓他們有機會判斷主辦方真正的想法。

但鐵木還是無法忍受他不將生命放在眼裡的態度。

程煌裕沒理會陳浩平，自行推進討論：「那看來就是這樣了，雖然不清楚每隻妖怪的具體情況，但應該可以得出這個結論：妖怪無法殺人。」

這本該是值得高興的結論，但不知為何，大家卻高興不起來，某種疑慮潛伏在他們之間，沉沉壓在肩上。

「這也好。」羅雪芬首先打破沉默，她轉換得真快，「至少，不用強迫無關的人彼此傷害，雖然主辦方完全沒提有些奇怪，但有著妖怪不能傷人的防範措施，無疑令人舒坦多了。」

鐵木下意識地點了點頭，心情卻沒這麼舒坦。一直以來，眾人可以說都是在「會被妖怪殺掉」或是「我會成爲殺人凶手」的恐懼之中繼續儀式的，現在，他們雖然從這恐懼中解放，卻帶來了新的恐懼。

「……那麼，儀式要怎麼結束？」

鐵木問出口，眾人靜默。

「是啊，規則紙上寫著『直到剩下最後一人說故事爲止』……如果無法用妖怪互相傷害，要怎麼剩下最後一人？」江儀問。

「或許是……其他人退出吧。」羅雪芬猶豫地說。

「但這麼一來就更沒有理由退出了吧？」鐵木想到林孟棋，「就是因爲參加儀式可能會傷害人或被傷害，才有理由退出。既然妖怪不會殺人，爲何要退出？」

不如說，用妖怪互相傷害還比較好理解；都要求儀式只在剩下最後一人時結束了，卻提不出「退出」以外的減少人數機制，還無法用妖怪殺人，這邏輯到底是什麼？爲什麼要設計出這樣一個儀式？

江儀忽然問：「規則紙上寫的能當眞嗎？」

「什麼意思？」

「當初就覺得，規則紙上的內容雖稱不上矛盾，但也太奇怪了。以規則來說，明明有太多需要補充的事，卻都沒寫，光是妖怪能不能害人，就該寫在規則上，而不是讓我們自己發現吧？更何況，怎麼減少參與儀式的人數這件事，難道不該特別說明嗎？簡直就像留一大堆洞讓我們找答案，這不是規則紙該做的事吧？不如說，那眞的是『規則』嗎？」

「什麼意思？妳覺得規則騙人？」

「我不知道……不過，規則的目的，應該是讓我們更快瞭解情況，那張紙卻不是如此，與其說是教導我們該怎麼做，難道不是在不說謊的前提下，盡可能擾亂我們、增加我們負擔嗎？甚至，要是大部分都沒說謊，只有其中一條說謊，我們也不知道，說到底，完成儀式的人眞的能帶走妖怪嗎？當剩下最後一人，儀式眞的會結束嗎？」

聽了江儀的推測，大家都說不出話。

如果直到最後一人，儀式都不會結束，事情會變得如何？鐵木連想都不敢想。難道說他們會被關在這個異時空中，永遠無法回到現實？開什麼玩笑！但是，這永遠靜止的時間，無法跟外界溝通，門窗也無法破壞，他無法否定那可怕的可能性。

就像回到山難時，他被困在暴雨中的絕望感。那種滲入身心的寒冷重新覆蓋上來。要是永遠被困在這裡會怎麼樣？父母會擔心嗎？朋友會惦記嗎？

他不知道。

大家用妖怪殺害彼此，或是在出不去的時空牢籠裡永無止盡的說著鬼故事，哪一個比較可怕？

鐵木也不知道。這場儀式難道是個陷阱嗎？他們就像是被捉到陷阱裡的老鼠，被關在迷宮中，以爲能逃出去，其實不行？那麼，爲什麼是他們？爲何要把他們抓到這裡？

羅雪芬的聲音打破沉默。

「眞相到底如何，還很難說，不方便立刻做出判斷。不過，知道妖怪不能殺人，或許可以幫我們重新思考儀式本身的意義。如果這場儀式不打算讓我們互相傷害，那到底出於什麼目的，才會這樣設計？」羅雪芬說。

「說起來，這場儀式的目的是什麼呢？」

「這是一場以召喚臺灣妖怪爲目的的儀式。規則紙上是這麼說的。」

施俐宸的聲音忽然響起。他從房間走出來，眼睛還有些紅腫。看來雖然在房間裡，但他有在聽外面的動靜。

「你還好嗎？」鐵木問，工程師回到他身旁坐下。

「抱歉，剛剛眞的是……太丟臉了，眞希望一切能重來，當成沒發生過這件事。」

「你下定決心了嗎？」程煌裕問。

「是的。」施俐宸吸了口氣，點點頭，「既然那女人還留在儀式裡，我就不會退出。我怎麼樣都不打算讓她留到最後。只要能達到這個目的，其他什麼我都無所謂。」

原來如此，鐵木心想。本來他還以爲施俐宸會一蹶不振呢。雖然只是私人恩怨，但施俐宸居然這麼快就振作起來，還是令鐵木感到佩服。不過，這個恩怨讓鐵木重新想起那個疑問——

他們這些人之間，難道沒有什麼隱藏共通點嗎？

「我在想……這場儀式的目的，該不會是要盡可能召喚更多的妖怪？」江儀忽然說。

「什麼意思？」

「我只是忽然想到，像剛剛施先生說的，規則明確指出這場儀式的目的是召喚臺灣妖怪，對吧？解決我們的問題就只是附帶的。但我們確實有著各自的問題，規則也明確提到這點，所以，主辦方是用『解決問題』這個餌，引誘我們召喚妖怪，我們也照辦了。但是，到底要召喚到什麼程度才會令主辦方滿意？」

「原來如此……」程煌裕皺起眉，「這個儀式，明顯不是召喚一個妖怪就結束的，如果儀式的終結與主辦方的目的一致，那從儀式終結的可能局勢，就能推測主辦方的動機。如此一來，自然就會想到兩種情況——一種是隨著儀式進行，召喚的妖怪越來越多；第二種是隨著儀式進行，某個很難召喚出來的妖怪，出現的機率會提高，而那個妖怪，就是主辦方的目的。」

「是的。但要是第二種情況，主辦方應該會更加用心設計儀式怎麼結束吧？如果儀式眞的會在剩下最後一人時結束，第二種情況就未必發生，所以第二種……我覺得不太可能。」江儀看向程煌裕，後者點點頭。

「我同意。說起來，設計這場儀式的人，眞的會需要特定妖怪，但無法自行召喚嗎？我也不太相信。」

「是啊。而且這麼一來，不希望我們自相殘殺就合情合理了！要是我們隨隨便便死去，對提高召喚妖怪來說這點毫無幫助，還有，這樣我就能明白爲何規則紙如此曖昧，因爲主辦方希望盡可能延長我們進行儀式的時間。要是規則太清楚，要結束儀式就比較容易，但這麼模糊的規則，我們就不得不自己摸索，進行各種嘗試。」

「等一下，」鐵木打斷他們對話，「你們的意思是，主辦方是在利用我們，就連不讓我們受傷，也是在利用我們？」

「有這種可能吧？」江儀說。

「……那主辦方也太惡毒了！」鐵木有些氣憤。就算能實現願望，主辦方都是在利用他們的人生難關啊！而且還是用欺騙的方式，這讓他難以接受。

「如果這就是主辦方的目的，那我們還要繼續嗎？」羅雪芬說。不知爲何，她看了廚房一眼。

沒人回答這個問題。說到底，他們連這場儀式到底會不會結束都不知道。

「我認爲應該繼續。」程煌裕打破沉默，「剛剛我們說的都只是臆測，無論主辦方的目的是什麼，要是什麼都不做，就只能停在這裡而已。」

「不過，如果主辦方的目的眞的是讓我們盡可能召喚出各種妖怪……雖然不知道他們爲何這麼做……那他們也可能不讓儀式結束。那麼一來，我們的努力不就全白費了嗎？」江儀說。

「那正好，我最擅長的就是沒用的努力。」程煌裕苦笑，「而且努力是否白費，還很難說。要是就此停下，我們也出不去，最後只會陷入恐懼與瘋狂而已吧？但有目標就不一樣了。說到底，就算主辦方沒有設定結束儀式的條件，我們也可以試著把漏洞找出來，不是嗎？」

「要怎麼做？」

「或許可以利用妖怪……」程煌裕看向鐵木，「如果有妖怪可以突破這種狀況呢？像是能出入異世界，或是有妖怪能揪出主辦方，威脅他們結束儀式之類的。妖怪這麼多，一定可以做點什麼吧？鐵木，你認爲呢？」

「我不太確定……畢竟，我們召喚出來的妖怪，能力都被限制住了，主辦方會留給我們這種空隙嗎？」

「不試試誰知道呢？」

「好吧，我也無法否定這種可能。」鐵木說，「至少就我想到，就有可以進行占卜的神怪，要是召喚出來，透過祂們問關於儀式的問題，有些不確定的規則說不定可以這樣問出來。」

「你確定祂們就會說眞話嗎？」江儀質疑。

「如果連占卜都不可信，我就不知道有什麼可信啦！」鐵木苦笑。

「還有一個問題，」羅雪芬說，「要是規則紙沒有說謊，儀式確實會結束，也眞的會在只剩一人時結束，那該怎麼辦？」

鐵木知道她爲何這麼問。

要是大家都不願退出，妖怪又不能殺人，最壞的情況，就是親手殺害彼此。雖然他不認爲情況會變得如此極端，但這確實是現在不得不想的問題。

程煌裕沉默片刻才說：「現在我也只能想到一種情況，如果大家各自的難題都能解決，就能和平解決此事了吧。」

「……有這麼簡單嗎？」鐵木問。至少他自己的目標應該難以用妖怪以外的方式達成。

「要是我們之間有利益關係的話……以完成對方的願望爲條件，或者抓住對方的把柄，逼對方退出。總之，最後能和所有人達成協議的人，就可以留下來成爲勝利者。」

「但那也是在我們這些人都可以進行利益交換的情況下吧？」羅雪芬說，同時看了施俐宸一眼。鐵木馬上明白她的意思。

確實，現在有些人就是絕對無法進行利益交換的關係。

「至少現在我們有個共同目標，就是結束儀式。如果有人不是如此，還請舉手說一聲。」程煌裕冷冷地說。當然，沒人舉手。

要是儀式無法結束，什麼願望都是空談。鐵木甚至可以想像一種樂觀的可能，說不定大家都累了，最後挑選出一隻可以解決所有人困境的妖怪，並且協議由某個人當勝利者，然後結束儀式，若能如此當然最好了——雖然那個人會不會信守承諾，又是另一回事。

「我可以接受。」鐵木說。

「我也同意。」

「我不喜歡束手無策的感覺。」

大家紛紛同意，只有施俐宸不同。他以一種毛骨悚然的眼神瞪著沈未青。

「放心吧，沈小姐，人家手牽著手完成願望的情況絕對不會發生。除非妳殺了我，不然我絕對不會讓任何人完成妳的願望。」

他帶著似笑非笑的表情，讓人雞皮疙瘩，在他的世界中，彷彿只有沈未青一人，其他一切他都不在乎。或許他已經不正常了，鐵木忍不住這麼想，畢竟這是個異常的空間啊。

有這麼一瞬間，沈未青彷彿想說什麼，但她什麼都沒說。一個低頭，所有的情緒都煙消雲散，遁入她深深的樓城。

□

「啊，對了，」鐵木忽然想起，「我們應該把剛剛的討論告訴林小姐吧？」

確實，林孟棋上完菜之後，又持續待在廚房，不知是在清洗餐具還是又在準備食物。羅雪芬說：「鐵木，那麻煩你跟她說一聲好嗎？」

鐵木點點頭，他起身走向廚房，穿過廚房的門，只見林孟棋正在做某種食物……看來像是……布丁？這裡做得出這種東西？

「鐵木，你來得正好。我快好了，等等可以幫我端出去嗎？」

「呃，好。」鐵木不自覺應聲。

林孟棋意識到他像是有事來找。

「怎麼了？」她露出微笑，等著聆聽。

「我們剛剛發現了一些事，然後，達成了一些協議，想說應該告訴妳。」

「什麼？」

她的態度如此溫柔真誠，鐵木突然想到，對林孟棋來說，這事有點複雜。她畢竟是在大家討論是否接受彼此傷害時退出的，爲此，她甚至放棄將姊姊從邪教裡拯救出來的機會。然而就在剛剛，他們得知妖怪不能害人，這對林孟棋來說，或許是個諷刺的玩笑。

「啊……我先說在前面，希望妳不要傷心。至少妳證明了妳是善良的人。」

「你在說什麼啦？」林孟棋似乎覺得有些好笑，催促著他說。

「我們剛剛發現妖怪不能殺人。」

林孟棋一時沒什麼馬上反應，鐵木連忙解釋。

「呃，就是，剛剛施俐宸召喚出了金魅，發現金魅儘管有吃人的傳說，卻沒有辦法吃人。我召喚到的阿里嘎該也沒有辦法。所以我們認爲，妖怪應該無法傷害人。但是這麼一來，要怎麼剩下最後一人就是個問題。我們猜測，主辦方可能一點都不關心儀式是否能結束，只在乎我們是否能夠召喚出足夠多的妖怪；但就算主辦方這麼打算，我們還是會繼續儀式，因爲我們想到一些或許可以突圍的方法……總之，雖然妳可能覺得是白白退出了，但我還是覺得應該跟妳說一聲。」

鐵木從頭到尾都在觀察林孟棋的表情。她沒有生氣，很好。

「我還以爲要說什麼呢，我知道啊。」林孟棋笑了。

「咦？」鐵木呆住，她是怎麼知道的？見他滿臉疑惑，林孟棋笑著解釋。

「我知道妖怪不能傷人。之前江儀妹妹打翻水，羅小姐不是就說了嗎？在安慰江妹妹的時候。」

鐵木這才想起有這回事。但林孟棋怎麼知道？她不是一直在廚房裡？

「妳怎麼會聽到？」他問。

「很簡單啊。這種老式廚房沒有抽油煙機，我只好開窗戶通點風，就偶然聽到了。雖然聽到時心裡有些震撼，但很快就釋懷了，畢竟，我也無法回去改變命運。放心吧，我沒放在心上。」

原來如此。鐵木不禁佩服林孟棋的仁慈與胸襟，笑著說：「妳眞厲害，雖然我有聽到羅小姐那句話，卻沒當眞。老實說，我覺得她只是安慰江同學，畢竟她沒有拿到妖怪，不可能知道妖怪不能害人的事。」

忽然間，林孟棋的笑容消失了。

「那時羅小姐還沒拿到妖怪……？」

「是啊，其實現在她都還沒召喚出妖怪呢。」

護理師沒有釋懷，臉色反而越來越凝重，鐵木看著也有些擔憂，他正要問怎麼回事，林孟棋已抓著他的袖子，壓低聲音說：「鐵木……我忽然想到一種可能性。或許是很糟、很糟的可能性，我不知道。」

一向溫柔的林孟棋竟露出這麼憂慮的表情，鐵木嚇了一跳，情不自禁地也壓低音量：「怎麼回事？」

「假設羅小姐並不是安慰，而是眞的知道『妖怪不能傷人』，你覺得有可能嗎？」

鐵木想了想，搖頭說：「應該不可能吧？要是施先生沒有直接命令金魅吃人，我們根本想不到妖怪無法傷人。」

「但要是眞的知道呢？要是如此，羅小姐要怎樣才能在施先生使用金魅的力量前，就知道妖怪不能吃人？」

鐵木疑惑地看著她，不懂她爲何問這個問題，但還是試著回答。

「或許有哪個知情的人提示她？」

「現場有這樣的人嗎？」

「沒有吧，大家都是第一次參加這個儀式，不可能知道。」

「那如果不是第一次呢？」

林孟棋認眞地看著鐵木。

「什麼意思？」不是第一次，怎麼可能？他問，「妳想說什麼？」

「……來到這裡後，你有過既視感嗎？」

鐵木腦袋嗡嗡響，光這句話他就有既視感了；江儀也問過幾乎一樣的話，爲何現在林孟棋會提到此事？也不等他回應，林孟棋繼續說。

「其實，之前江儀妹妹就來問過我。本來我沒想太多，被她一提醒，才發現確實有過幾次……都在一天內，你不覺得太頻繁了嗎？你有過這樣的經驗嗎？」

「我有。」鐵木苦笑，「其實江同學也跟我討論過，她還問我有沒有妖怪能做到這件事。」

「你怎麼說？」

「我……說來詭異，或許眞有妖怪能做到吧？但理論上，應該沒有妖怪能做到。」鐵木說。他將自己跟江儀說的話重複了一遍，在他第一次產生既視感的時候，還沒有人召喚出妖怪，既然如此，既視感就不可能是妖怪能力造成的，除非有誰召喚到無論如何都不會現身的妖怪，但這類妖怪，鐵木還想不到哪個跟既視感有關。

「原來如此，不過，有一種情況可以解釋，就算沒召喚出妖怪，我們也會產生既視感。」

「什麼情況？」鐵木連忙問。他想到江儀的話——要是解開既視感之謎，或許就能瞭解他們眞正的處境——但接下來林孟棋說的話，卻是他不想聽到、簡直將他推入地獄深淵的推測。

「這眞的是很糟、很糟的可能性。」林孟棋憂慮地說，「或許我們已經不是第一次經歷這些事了。」

□

或許我們已經不是第一次經歷這些事？

怎麼可能？

鐵木覺得太荒謬了。但他腦中隱約捕捉到某個東西，令他無法徹底否定這種可能。他震驚地說：「妳說……時間回溯……像電影《明日邊界》那樣？怎麼可能？」

「怎麼不可能，我們進來這個空間以後，經歷過多少難以想像的事？」

鐵木啞然。他想起在電影與漫畫裡看到時間回溯，主角得到能夠重來的力量，並透過這種力量解決超乎想像的難關。正因擁有「未來」的記憶，主角能一次又一次做出超人般的舉動，挑戰所有難關，直到達成目標爲止。但對不是主角的那些人，就無法記得時間回溯前發生的事了。雖然如此，有些故事中，這些配角偶爾會在腦海中出現「記憶的閃現」，表示那些時間並未眞正消滅，仍以某種型態保存在他們的記憶中……

這種「記憶閃現」，就是「既視感」的眞面目？那些「幻覺記憶」其實並不是「幻覺」，而是眞正的「記憶」？

「但……但爲何妳會這麼想？爲何有人要回溯時間？」

「鐵木，其實你應該猜得到。剛剛你們的討論，我只有零碎聽到一些，就連我都想到了，難道你想不到嗎？」

「不，我不明白。」鐵木說。但事實上，他心頭隱約有種恐怖感，令他靈魂微微顫抖。這種恐怖感極爲熟悉，簡直就像——

他曾在哪裡聽過這個答案。

難道就連眼前這件事也不是第一次發生嗎？

林孟棋吸了口氣：「你們剛剛就提到了，主辦方的目的可能是盡可能召喚大量臺灣妖怪。這樣的話，一次儀式怎麼夠呢？要是能無限地重複這個儀式的話，不就能召喚出無限次妖怪了嗎？」

護理師還沒說完，鐵木就感到頭昏眼花，彷彿意識就要遠去。他喘著氣，幾乎無法接受，但不得不承認這確實能解釋既視感，而且邏輯上極其合理！他這才領略主辦方的意圖何等險惡，給他們一個希望，然後透過無限的時間迴圈來困住他們，只爲了召喚出更多的臺灣妖怪……

太可怕了。

「鐵木，你還好嗎？」林孟棋握住鐵木雙手，關心地問。

「我……還好。所以，妳覺得這是主辦方做的？」

「有可能。他們有能力，也有動機這麼做，不是嗎？」

「妳說得沒錯。但這麼一來，我們該怎麼辦？我們根本無法阻止主辦方，只能永遠被困在這裡了不是嗎……？」鐵木無力地說。

如果這一切都是主辦方的陰謀，就算意識到這件事，只要回溯就什麼都不記得了。鐵木想到某部電影，裡面的主角因爲順行性失憶，即使掌握了零星的線索，也會因爲沒有記憶而難以破案，甚至被利用。

不，他們比那位主角更慘。那位主角還可以把線索記錄下來，他們卻連記錄都不行，只要時間回溯，就全部消失。

「還有希望啊，不要放棄。」林孟棋說。鐵木不知該說什麼，是太過天眞嗎？爲何這個人還能懷抱希望？見他沒有回應，林孟棋像是鼓勵他一般，「你聽我說，我有個猜想，或許能抓出主辦方。」

「抓出主辦方？」鐵木大爲震驚，「妳覺得主辦方在我們之中？」

「是啊，就算不是主辦方，至少也是共犯。雖然也稱不上鐵證，但至少不是毫無線索。」

林孟棋是怎麼知道線索的？鐵木有些不解，她不是一直在廚房嗎？但就算對方這麼說，也沒給他帶來希望。他說：「沒用的，就算主辦方眞的在我們之中，在把他抓出來時，他只要時間回溯，我們就什麼都記不得了啊。」

沒錯。

在時間回溯的能力前，他們做什麼都沒有用。是徹底無力的。

「你在說什麼，」林孟棋用笑容鼓勵他，「我們不是有既視感嗎？」

什麼？鐵木茫然。

「確實如你所說，只要主辦方被發現，他就會回溯，我們做的一切都沒意義。但既視感這件事，不就證明了過去沒有完全消滅嗎？那麼，只要我們每一次都設法抓出主辦者，只要再經歷上千次、上萬次，總有一天我們會記得的。到那時候，我們一定能找到對付主辦者的方法，至少他無法再利用我們。但如果現在我們放棄，接下來的上千次、上萬次，我們也會放棄。那我們要怎麼去對抗主辦者的惡意呢？」

這瞬間，鐵木對林孟棋感到無比的尊敬；她怎麼能有這樣堅強的意志呢？明知同樣的事會進行無數次，她卻還是有勇氣這麼做。忽然，鐵木為自己的軟弱感到丟臉。

「我知道了，妳想要怎麼抓出主辦方？」

「我只有一些模糊的概念，還不確定……不過我先說結論，我懷疑主辦者是羅小姐。」她小聲說。

意料之外的答案。那個認眞對付「宇宙通元」，甚至讓自己涉入危險的女記者，會是這場邪惡儀式的主辦方嗎？不，鐵木在腦海中回顧其他參加者，無論誰是主辦方，他都會感到意外吧？

「爲什麼妳這麼想？」

「因爲你剛剛提的那件事，既然羅小姐還沒召喚到妖怪，就不該知道妖怪無法傷人的事。到現在爲止，我們的既視感都是在事情發生的當下才產生吧？而且在一般情況下，我們也不會認爲那是眞正發生過的事，就算羅小姐曾經對『妖怪無法傷人』這件事有既視感，她眞的會這麼明確地說出來嗎？」

原來如此，剛剛林孟棋要他假設羅雪芬並不是安慰，就是這個原因啊！但鐵木還是有些疑慮，他總覺得哪裡怪怪的……他還是很難想像羅雪芬是主辦者。

「不過，她也有可能眞的只是安慰啊？」

「也有可能。不過，確實是這件事讓我懷疑起她。問題是，假設她眞的是主辦人的話，有沒有可能證明這點呢？鐵木，我需要你幫我。妖怪有可能做到這件事嗎……？」

林孟棋說出自己的計畫。才剛說完，鐵木立刻就點了點頭。

「可以。我剛剛就想過這種用法。」

「那麼，我希望你配合我。」

□

鐵木跟林孟棋一起端出做好的布丁。

雖然他們討論了一段時間，但幸好沒人因此責怪他們。在他離開時，羅雪芬坐到林孟棋的位子上跟江儀聊天，看到她，鐵木心情有些複雜，畢竟他們現在懷疑羅雪芬就是主辦者。記者見到林孟棋出來，便讓出她坐著的位子，回到自己原來的座位。

「剛剛討論了什麼嗎？怎麼這麼久？」羅雪芬笑著問，鐵木一時難以回答。

「鐵木跟我說了你們剛剛的討論，還有儀式不知道會不會結束的事。」林孟棋溫柔地說，「我很好奇主辦者的目的跟身分，所以我大概問了一下能不能用妖怪解決，鐵木說可以……」

她望向鐵木，這位年輕的研究生立刻坐直。

「是這樣的，剛剛我跟林小姐有討論到，現在我們對主辦者幾乎一無所知，那有沒有辦法調查主辦者的事？正好剛剛我說過，要是召喚出能占卜的妖怪，或許能透過提問得到解答，所以我們就想，要不要設法先召喚出這樣的妖怪出來，問主辦者的事？我目前想到，至少有泰雅族傳說中能預知吉凶的鳥，還有漢人傳說裡，中秋節也有用來占卜的器物神。如果透過祂們問出一些關於主辦者的事，我們也比較知道該怎麼做。」

「原來如此，聽起來很有道理，所以你建議接下來合力召喚這些妖怪？」程煌裕點了點頭，「那可以請鐵木說明一下相關傳說嗎？知道傳說的話，召喚出來的機率也比較高，既然在這件事上我們不是互相競爭，告訴我們這點也沒問題吧？」

「你說的是希利克鳥跟椅仔姑吧？」陳浩平冷冷地說，「要刻意召喚祂們也沒關係，只是向祂們問問題的方式不同，你最好說明一下，看哪種比較能達成你們的目的。」

不知爲何，陳浩平的態度也沒有一開始這麼欠揍了。在知道妖怪不能傷人後，他臉色就很難看，看來也像是對儀式失去興趣。其實鐵木沒想到他會好心提醒這件事，便向他點頭致謝，環顧所有人。

「希利克鳥是泰雅族中用來進行鳥占的鳥。鳥占大家知道嗎？就是用鳥來預測吉凶。在打獵的時候，可以根據鳥的叫聲和飛行姿勢，判斷該往哪個方向前進。除了打獵以外，結婚、耕種的事，我們也會問希利克鳥。」

「另外一種呢？」

「漢人會在節日用來『觀』的神靈，其中最具代表性的是椅仔姑。傳說，有一個幼年亡失父母的小女孩，在兄嫂家寄居，嫂嫂每天都派給她很重的勞動，包括讓她打掃豬圈、燒水，有一天嫂嫂看見小女孩坐在椅子上一動也不動，還以爲是在偷懶，沒想到一摸卻發現她死了。但後來，她就成了椅仔姑，變成中秋節或元宵節小女孩們用以占卜的神靈。除了椅仔姑以外，還有掃帚神、扁擔神之類的，但傳說比較廣爲人知的只有椅仔姑。」

「那接下來就圍繞著這兩種傳說，講相關的靈異故事吧。」

「眞是抱歉，」林孟棋不好意思地說，「明明是這麼重要的事，但我已經退出儀式了，幫不上忙……」

「沒關係的，孟棋姊。」江儀看向前方，「搞清楚主辦人到底想幹什麼，就交給我們吧。我們一定會結束這場亂七八糟的儀式的。」

是啊，亂七八糟的儀式。事到如今，鐵木已經能坦然這麼想了。一開始，他還將「說妖」當成能夠實現自己願望的最後一根浮木，現在他已不這麼想。他只想盡快從這場亂七八糟的儀式中脫身。

□

儀式重新進行一輪後，是江儀召喚出希利克鳥。

「太好了，這就是希利克鳥！」鐵木高興地提醒大家。能這麼順利，讓鐵木鬆了口氣，畢竟照這場儀式的性質，他們也可能召喚到期望以外的妖怪。

「牠也是妖怪？看來不怎麼特別，好像有些眼熟……」施俐宸難得開口，鐵木連忙補充。

「啊，其實希利克就是繡眼畫眉。」

「原來啊，所以泰雅人是用真實存在的鳥占卜？」

「想想也是當然的吧？」陳浩平忍不住說，「但真的能召喚到……我也有點意外，這儀式對『妖怪』的定義未免太寬鬆了。」

「不過，祂能夠占卜的力量是千真萬確的喔。」江儀冷靜地說。

「妳已經知道該怎麼使用能力了嗎？」程煌裕問。高中生點了點頭，開始解說。

據她所說，希利克鳥會根據吉凶，而有不同的飛行姿勢與叫聲。老實說，這些連鐵木也沒那麼熟。江儀因爲召喚出妖怪，變得可以辨識希利克鳥的飛行姿勢，鐵木不禁在心裡佩服主辦者的用心。

「不過……使用後，只有一分鐘的時間發問。」江儀最後說。

眾人面面相覷。

「一分鐘，能問的問題有限啊。」

「問什麼問題會是關鍵。大家要不要整理一些問題，挑出比較重要的……」

「各位，我有個提案。」林孟棋忽然開口，打斷程煌裕的話。她看鐵木一眼，鐵木點點頭，知道剛剛他們商量的計畫要開始了。眾人看向林孟棋，表情各自不同，但多半都是好奇這位已退出儀式的人要說什麼吧。

「什麼提案？」

「其實，剛剛我跟鐵木意識到這場儀式背後或許有某個可怕的陰謀。」

「可怕的陰謀，這還用妳說！光是妖怪被儀式這樣利用就夠可怕了啊！」陳浩平脾氣很差地抱怨。程煌裕舉起手阻止他，看向林孟棋，用眼神示意她繼續說下去。

林孟棋深呼吸。

「各位，你們來到這邊後，有過『既視感』嗎？」

她簡短地將剛剛在廚房跟鐵木說的推論再說一遍，提到「這可能不只發生過一次」時，參加者的表情變了，尤其是江儀，她顯然受到不小的情緒衝擊。這段期間，鐵木一直看著羅雪芬，想看她有沒有露出什麼破綻，但羅雪芬皺起眉，那表情與其說「被發現了」，更像是「不太相信這人說的話」。

不，這可能只是僞裝。

「如果妳說的是眞的，這跟妳的提案有何關係？」程煌裕問。他似乎對林孟棋提出的可能很感興趣。

「有件事我還沒說，其實，我懷疑儀式的主辦人就在我們中。」

「怎麼說？」

「我有我的理由，剛剛鐵木也認可了。但我不打算現在說，因爲花太多時間在這上面，我怕讓那個人有機可乘。所以，我提議現在立刻用希利克鳥的占卜能力找出主辦人。」

「原來如此，妳打算輪流問我們是不是主辦人，讓希利克鳥占卜吉凶嗎？」

「不是的。」林孟棋嚴肅地說，「因爲這個問題並不明確。說是主辦人，到底怎樣的程度才算是主辦人？譬如說，不知道主辦人的動機，但有幫忙設計儀式，這算主辦人嗎？或者說，雖然不是主辦人，但是被主辦人找來監視大家，只是立場跟主辦人一致，這又算什麼？我不想問這種不明確的問題，讓她逃掉。」

「那妳有何打算？」

「如果我們遇上的既視感，眞的是時間回溯的殘餘記憶的話，作爲主辦方的人，一定不像我們一樣毫無記憶，那個人應該記得此前每一次的儀式才對。無論如何，如果有人明明有著先前記憶，卻不向我們坦白，那他一定多少跟主辦方有些關係。」

「等一下，」羅雪芬說，「有先前的記憶，不表示就是主辦方吧？那個人也可能是因爲其他理由有之前的記憶啊。」

羅雪芬說話了，這是心虛嗎？鐵木有些激動，或許林孟棋的推論是正確的。

「不，不可能。」林孟棋說，「如果是因爲其他理由，那有什麼道理不告訴我們？只有主辦方才有理由隱瞞這件事。」

「但——」

「沒關係吧，羅小姐，我覺得有一試的價値。」程煌裕阻止羅雪芬抗議，讓鐵木對他頗爲感激。

程煌裕轉向林孟棋，「不過，希利克鳥畢竟是江同學召喚出來的，要怎麼使用，還是要問她的意見。」

「當然。江儀妹妹，妳怎麼說？」林孟棋有些期待地看著她。

江儀沉默片刻，意識到自己承擔著某種重責大任。

「……當然，我想知道時間有沒有回溯過，也想知道有沒有人記得回溯之前的事。既然現在有機會，我想確認看看。孟棋姊，妳打算怎麼問？」

「可以交給我問嗎？」林孟棋說。

江儀點點頭。

「那就麻煩妳了。」林孟棋跟江儀對視一眼，兩人點頭。這時，希利克鳥出現了，牠在大家頭上飛來飛去。眾人的視線隨著這隻靈動的小鳥轉動，卻不明白牠飛行軌跡的意義。

「限時一分鐘。」江儀提醒。

「我直接問了。在這個空間中，時間有沒有回溯過？」

希利克鳥鳴叫著飛了起來。飛了一次，又飛了一次。眾人都不懂那是什麼意思。

「吉。」江儀說。

果然如此！鐵木有些興奮，但他沒時間細想，林孟棋又開始下一問。

「在場有沒有人有先前儀式的記憶？」

希利克鳥的飛行姿勢跟剛才一樣。

「吉。」江儀又說。

「果然……」林孟棋露出稍縱即逝的笑容，她的推論被證實了！護理師深呼吸幾口氣，聲音甚至有些顫抖，她顯然很緊張，「那麼，接下來就一個個確認了喔？由我開始比較公平。我第一位，接著順時鐘往下問。希利克鳥，有著先前儀式記憶的是林孟棋嗎？」

希利克鳥的飛行姿態跟剛才不一樣。

「凶。」江儀說。

這也是理所當然的。如果林孟棋有先前的記憶，根本不可能發起這場占卜。

鐵木看向羅雪芬，她表情十分怪異，陰晴不定，或許是害怕接下來就要輪到她了吧？鐵木忍不住想，要是問到她，究竟會發生什麼事？她會立刻讓時間回溯嗎？

「請問有著先前儀式記憶的是鐵木嗎？」

沒讓鐵木有機會深思，林孟棋繼續問。

「凶。」江儀說。

「有著先前儀式記憶的是施俐宸嗎？」

「凶。」

「有著先前儀式記憶的是程煌裕嗎？」

「凶。」

「有著先前儀式記憶的是羅雪芬嗎？」

終於輪到羅雪芬了，這回應該是「吉」了吧？鐵木想。但意料之外地，希利克鳥的飛行姿勢居然沒有改變！江儀也冷靜客觀地說：「凶。」

鐵木看向林孟棋，她也忍不住停了下來，表情有些複雜。這不應該啊！剛剛明明希利克鳥都肯定有人記得先前儀式的事了，怎麼會這樣？鐵木難以置信，林孟棋雖有些挫折，但她沒有停太久，馬上恢復鎮定地繼續問。

「有著先前儀式記憶的是陳浩平嗎？」

「凶。」

「有著先前儀式記憶的是沈未青嗎？」

忽然，飛行姿勢變了。

「吉。」江儀挑起眉，她看向沈未青的眼神完全不同了。事實上不只是她，幾乎所有人都看向沈未青。

「妳這人……」施俐宸低吼，「妳這騙子！玩弄他還不夠，連我們都想玩弄嗎！」

「等一下，我還沒問完！」林孟棋厲聲說，「最後一個問題，有著先前儀式記憶的是江儀嗎？」

答案是凶，這所有人都看得出來。林孟棋問完之後，希利克鳥還在空中飛來飛去，但已經沒人在看了。除了江儀，所有視線都集中在沈未青上。但這位風姿綽約的女性不動如山，表情竟無絲毫改變。

「終於找到妳了。」林孟棋露出勝利的表情，她直直面對沈未青，「我有問題要問妳。」

沈未青抬起頭，迎上林孟棋的視線。忽然間，就像冰山裂了一絲縫隙，沈未青的表情緩緩改變。她笑了出來。

「妳可以問，我也會回答。不過，不是毫無代價。我要求儀式繼續進行。從現在開始，你們只要召喚出一個妖怪，我就回答你們一個問題。」

眾人騷動起來，她憑什麼要求大家繼續進行儀式？程煌裕在躁動的眾人間依然保持冷靜：「沈小姐，我想知道妳憑什麼要我們繼續儀式。即使妖怪不能傷人，我們也能把妳抓起來拷問。在外面的世界，我們不會這麼做，但要是被無法離開的恐懼逼瘋，我們做出什麼瘋狂的事都不奇怪吧？」

「你們最大的恐懼，就是儀式不會終止，也無法離開這個空間吧？我向你們保證，這場儀式絕對會結束，也有全員平安離開這裡的可能。但只要儀式不繼續，你們就絕對無法離開。要拷問我，請便，但我不會回答，不只如此，我不會退出，也不會進行儀式，你們要冒這樣的風險，陪我一起永遠被困在這裡嗎……？對我來說，說不定也挺愉快的呢。」

沈末青的笑容美艷不可方物，同時也讓人毛骨悚然；簡直像某種異於人類的物種，以俯瞰的姿態面對眾人。

「誰知道妳說的是不是真的啊！」施俐宸吼道。

「是眞的。」

這話是江儀說的。眾人看向少女，她嚴肅地說：「最後我還問過希利克烏其他問題，其中包括這個儀式會不會結束，結果是『吉』。」

「即使如此，她說要回答我們問題，也可能是說謊騙我們啊！」

「那倒不是問題。」程煌裕搖頭，「把她的回答記下來，之後我們再召喚出能占卜的妖怪，確認她有沒有說謊就好。」

「那倒是。」羅雪芬看向程煌裕，「無論如何，透過占卜問主辦方與儀式細節的方針還是沒有改變，只是比起只能回答吉凶的占卜，我們能得到比較明確的答案而已。」

「要是我們召喚出妖怪，妳真的會說吧？」林孟棋瞪著沈未青。

「當然。妳放心，我一定會說真話。就當作對你們努力的犒賞。」沈未青露出惡作劇般的笑。燭火中，她的眼角、肌膚、表情的每一個細節都綻發著美麗而動人的光。那是種邪惡的美，她就是美的化身。只可惜，美未必會是善的。

「接下來，就麻煩各位努力爲我召喚妖怪囉。」

妖怪檔案　椅仔姑

從前從前，有位幼年亡失父母的小女孩，無依無靠，在兄嫂家寄居。小女孩只有五、六歲，正應該是被父母呵護的年紀，但嫂嫂每天都委她以沉重的勞動，包括讓她打掃豬圈、燒水，卻一有差錯便打她、不讓她吃飯。

這些小女孩都一一承受下來了。

有一天早上，嫂嫂看見小女孩坐在椅子上一動也不動，還以爲是在偷懶，正要打下去。沒想到一摸，卻發現她全身冰冷，早已沒了呼吸。

這就是椅仔姑的傳說。被虐待致死的小女孩，成了中秋節或元宵節時，小女孩們用以占卜的椅仔姑。可說是以另一種形式，繼續存在於這世界上。

第五章

這個空間裡沒有秒針的聲音。

雖然有人戴著手錶，但這裡的時間是停止的，就算所有人屏住呼吸，也不可能傳來秒針的聲音。然而，鐵木腦裡卻傳來秒針般的聲響，因爲他能感到眼前緊張的氣氛，讓「時間前進」這件事變得極爲鮮明，彷彿旁邊有個拿著碼錶的死神在倒數計時，「滴、答、滴、答……」

「請吧。」程煌裕說，「沈小姐，繼續儀式吧，下一位可是妳喔。」

「等等！你們打算就這樣如她所願？」施俐宸質問。

「不是如她所願，而是在尋找對付她的武器。」江儀沒看著他，而是看向沈末青，「施先生有別的辦法嗎？這樣下去，我們不進行儀式，或她拒絕進行儀式，我們就無法離開這裡。雖然外面沒什麼好事，但我不打算在這個詭異的空間裡老死，就算她有什麼陰謀詭計也好，要是不前進，就沒半點機會。」

江儀瞪著沈末青的眼神，竟與沈末青說不出地相像；鐵木心中懍然，他看過類似的眼神——對了，就像族裡打獵的長者面對山林時的謹慎，但又比那更強烈。要是這個年代存在「戰士」的話，或許就是這樣的眼神。

現在想來，江儀那抗拒他人的神情，原來就是戰鬥的姿態。但沈末青也是這樣的態度。她原本慵懶無骨的坐姿，不知何時被端正挺立的姿態取代，單手將頭髮撥到耳後，對每一個指向她的敵意微笑以對。

她也是戰士。這個人也已做好要與在座七人戰鬥的準備。鐵木忽然意識到，現在發生在他眼前的事，正是所謂的「最終決戰」；而且他也是當事人。事情會變得如此，與他並非毫無關係。

他心跳加速。「咚咚、咚咚。」那是時間前進的聲響。

「沈小姐，我想妳應該也明白，並不是只有我們對妳有所求，妳也需要我們。」程煌裕開口，「如果妳拒絕回答，我們就終止儀式。要是落到那種地步，我想也非妳所願。」

「我非常明白。要是我說謊，你們也會終止儀式吧？放心，我說的絕對是眞話。」

「妳別以爲我們會顧慮規則最後一條所說的懲罰，就不敢終止儀式。」施俐宸冷冷地說，「我是無論如何都不會讓妳如願的，有什麼懲罰就來吧。」

「到底要不要開始啊？」陳浩平不耐煩地敲著桌子。

眾人彼此看了一眼，沒再發問或討論。沈末青低頭理了理領口，開口說起了她某任男友在家具與牆的縫隙中，看到紅色眼睛的故事。她說得很慢，還不時停頓，似乎是一邊講，一邊在構思字句。

「哼，妳再小心翼翼，也召喚不出想要的妖怪。」

鐵木不確定陳浩平是掌握了什麼情報，還是單純對進行速度感到不耐才這麼說。不過，就算沈未青記得之前的事，也不見得清楚召喚妖怪需要的關鍵故事元素，發生這麼多次，或許還會記混；反過來說，他們這邊有鐵木、陳浩平，還有一輪說六次故事的機會，要攔截下沈未青召喚妖怪的機會，輕而易舉。

沈未青結束故事。如陳浩平所說，沒召喚出妖怪。陳浩平毫不停頓，立即接續說起了他弟弟在算命街的神祕遭遇。是打算召喚占卜相關的妖怪來問問題吧？鐵木對陳浩平的態度轉變稍稍鬆了一口氣，如果到了這種時候還要應付他難搞的態度，堪稱地獄。

陳浩平沒召喚出妖怪，他也不意外，只是向鐵木點點頭，像是要把這個重責大任交給鐵木。下一個說故事的是羅雪芬。然後是程煌裕。

「……當晚，他們又一次在隔壁房間聽到那沙沙的聲響，過去一看，才發現床上那人已經死了。報案後，他們才得知這個人根本不是什麼好客的主人，而是在逃的入室搶劫犯兼強姦犯。或許，那不明的沙沙聲是在守護著他們也不一定。」

程煌裕語音剛落，周遭便傳來了葉片磨擦的沙沙聲，煙霧繚繞。一根掛著紅燈籠的竹子穿牆而過，彎到了程煌裕的左前方。紅色燈籠前後搖晃著，猛地睜開了眼睛。羅雪芬倒抽了一口氣。

鐵木馬上認出那是竹篙鬼。是一種會將竹子彎下橫跨道路的妖怪，要是有人跨過，竹子便彈跳起來，將人捉住，勾走魂魄。聽說只要對祂破口大罵，祂就會讓出道路。事到如今，即使鐵木不去說明妖怪背景，也沒人追問；因爲召喚妖怪已與儀式無關，而是追問沈木青的籌碼。

程煌裕拍了拍羅雪芬，她冷靜下來，拿出紙筆。

「大家首先要問什麼問題？我覺得她爲何能保有記憶是個很好的切入點。」林孟棋提議。

「爲什麼？」程煌裕看向林孟棋。

「因爲這個問題，無論回答什麼，都能得到有價值的情報。如果她是造成時間回溯的人，就必須回答『因爲時間回溯是我造成的，當然能保存記憶』，在還沒召喚妖怪的情況下有這能力，幾乎就能確定是主辦方的人了；如果她只是主辦方的共謀，她也得回答說『是主辦方幫我保有記憶』；最後……雖然我不這麼想，但如果她跟造成時間回溯的人無關，至少我們可以知道她是怎麼做到的，最好的情況，說不定我們也能用同樣的方法留下記憶。」

「……妳說的太過理想了。」程煌裕思考片刻，搖了搖頭，「就算她是時間回溯的主謀或共謀，都可以用妳所說的第三種方式回答，也就是直接回答保有記憶的『方法』，撇清自己的身分立場。光是現在，我就可以想出幾種避重就輕的回答方式。」

「保有記憶的方法也很重要不是嗎？」

「如果我們這次就能結束儀式，就不重要。」

「喂喂，你們這樣討論，豈不是就把要怎麼迴避問題、怎樣回答才能透露最少情報都幫沈未青想好了嗎？」陳浩平翻了個白眼，出言打斷討論。

「但是，不討論要怎麼決定問什麼？」

「由召喚出妖怪的人來決定問題如何？」羅雪芬提議，「抱歉，林小姐，我知道這樣對妳來說並不公平，但這是最簡便的作法。當然，提問之前，提問者也可以私下跟人討論，林小姐可以在私下討論時發表意見。」

「能問問題是歸功於召喚出妖怪的人，也沒什麼不公平吧。」陳浩平說。

林孟棋咬著下唇，欲言又止，但最後還是沒開口。這讓鐵木有些爲她抱不平。明明能揭穿沈未青，是林孟棋計畫的結果啊！她應該有資格選擇一個問題來問吧？他忍不住湊過去，低聲安慰。

「沒關係的，我會盡量召喚妖怪，妳有什麼想問的，就告訴我，我會幫妳問。」

「那就拜託鐵木了。」林孟棋勉強地笑了笑，沒再爭取自己提問的權利。程煌裕轉向沈未青，提出第一個問題。

「造成時間回溯的是妳本人、妳的盟友，還是上述之外的人？這個問題也包含，當事人無法主動發起時間回溯，但是刻意湊齊特定條件引發時間回溯的狀況。而如果有複數人參與，也不得只回答部分人的身分，而必須把每一方都列出來。」

沈未青半閉著眼，緩緩抬頭。

「回答如下。時間回溯不是我做的，不是我的盟友所做，我們也不曾爲了引發時間回溯而在這裡做下任何事情。說明白點，時間回溯與我的意志、想法、動機徹底無關。」

她的回答立刻引起騷動。她跟時間回溯無關？怎麼可能？鐵木難以置信。她剛剛的態度，看來分明就是幕後黑手啊！而且既然她保證「儀式絕對會結束」，要不是跟主辦方有關，很難想像她能這麼有把握。難道說，主辦方跟時間回溯的現象無關……？

「開什麼玩笑！」施俐宸拍桌說，「妳說謊！既然妳有先前的記憶，怎麼可能跟時間回溯無關？各位，我們眞的還要配合這個人嗎？」

「只要占卜的妖怪指出她說謊，我們自然會停下。」程煌裕冷靜地說。

「但這很奇怪吧，如果時間回溯不是她造成的，爲何她不跟我們說？」鐵木問。

「哪裡奇怪？」陳浩平冷冷地說，「就算時間回溯與她無關，她也可以反過來利用這點。你想想看吧，保有過去的記憶，這是多大的優勢？你跟我雖然都知道妖怪的事，但這在她面前根本不算什麼，她可是見證了無數次妖怪如何被召喚出來，還有機會知道祂們的眞實能力呢！如果她想成爲儀式最後的勝利者，不跟我們說是理所當然吧？」

鐵木啞口無言。確實如他所說，這是只有一人能得到妖怪的儀式，沈未青毫無放棄優勢的理由。不過，這麼一來，就出現了一個難以理解的點。

沈未青說她有「盟友」，怎麼會？既然只有一人能得到妖怪，那怎麼可能有盟友幫她？

——我們也不曾為了引發時間回溯而在這裡做下任何事情。

從這句話看，她的盟友一定在剩下七人中，才可能被列入「在這裡做某事」的行列。舉例來說，如果她的盟友是主辦方，但主辦方不在這個異空間裡面，就不可能「在這裡做些什麼」。但這可能嗎？這些人中，怎麼可能有人幫助她？

江儀皺起眉，或許她也察覺到這奇妙的矛盾了。說起來，這場儀式中，有誰特別跟沈未青說過話嗎？既然只有沈未青有過去記憶，要說服某人幫助她，想必需要時間溝通。她有跟誰講這麼久的話嗎？鐵木實在想不起來。

難以理解，她到底是怎麼找到「盟友」的？

「等一下，如果她真的不是造成時間回溯的人，那如何記得之前的事，不就是最重要的問題了嗎？」林孟棋蹙眉。

「還有，她是怎麼找到『盟友』的，我也非常在意。她的『盟友』一定在我們之中吧？但爲何我們中有人要幫助她？」鐵木舉手。

「只要有利益關係，這不奇怪吧。」程煌裕說，「只要她承諾得到妖怪後能幫那個人解決他的問題，那個人就有充分的理由幫她了。如剛才所說，保有記憶是沈小姐的優勢，既然如此，最有機會獲勝的人承諾幫助自己，不就是夠好的動機了？」

「但我不懂的是，爲何需要盟友？」江儀搖搖頭，皺起眉說，「我們知道這個人有優勢，但盟友能帶給她額外的優勢嗎？告訴盟友太多，還有被出賣的風險，我想不通這有何好處。」

「說的也是。不過沈小姐有過去的記憶，也許在前幾次儀式中，她找到了需要盟友的理由，或是有確信對方絕對不會背叛的原因。沒有那幾次記憶的我們，恐怕很難判斷這點。」

江儀表情有些古怪，似乎在思考什麼，卻沒追問。鐵木也感到情況有點古怪。

本來他以爲，既然沈未青肯定儀式能結束，一定是主辦方的關係人士，但主辦方的人眞的需要「盟友」嗎？能主導以超自然力量創造異空間，讓妖怪現身的主辦方，還需要參與的凡人來當盟友嗎？難以想像。還是說，她其實跟主辦方無關，只是比鐵木他們多知道一些什麼？不，也很難說，或許她是透過強調「盟友」來誤導大家，畢竟，所謂盟友是很曖昧的說法，在某件事上是盟友，在其他事上則未必然，她是在利用這個語病來模糊自己跟主辦方的關係嗎？

不過——鐵木忽然想到——如果這女人眞的跟主辦方無關，那她爲何要鼓勵大家召喚妖怪？

「接下來是我。」見沒人繼續討論，施俐宸開口講起了自己一次次在夢中溺死的詭異經歷。他瞪著沈未青，但後者只當沒看見。

故事像泡泡一樣，魚貫浮出，又再度沉下，變成時間的一部分。接下來，鐵木與妖怪失之交臂，江儀同樣沒有召喚成功，沈未青也同樣。鐵木鬆了口氣，至少不是由她召喚出妖怪。但奇怪的是，沈未青看來也不怎麼沮喪，她確實像是在等什麼，不過不像是召喚妖怪。

鐵木越來越不懂了。到底沈未青打算做什麼？即使不是自己召喚到，只是單純出現妖怪就好嗎？這也太奇怪了。其實從問她問題開始，情況就越來越奇怪；

且不論她跟主辦方的關係，她與時間回溯無關，又在這個異空間裡尋求盟友，聽來跟其他參與者沒什麼兩樣，但與此同時，她有記憶回溯前時間的能力，並提出近似召喚越多妖怪越好的要求，立場又像是主辦方，這也太亂七八糟了吧！

一定有個解釋。一定有辦法合理解釋所有奇怪的矛盾，像是她說謊……不，她很清楚謊言無法通過占卜審查。那麼，到底是爲什麼？

鐵木思考時，故事依然不斷前進。這時，房裡突然響起小女孩齊唱的歌聲。

「椅仔姑、椅仔奴、請恁姨仔姑仔來坐土。土腳起、加蓮花、睏蓮子……」

那聲音聽來又遠又近，像電影院的環場音效，接著圓桌中央浮現一把竹椅，椅背上披覆著一件紅色衣物，上面有一名小女孩的圖樣，椅面上則放置著一個竹籃，裡頭裝著粉餅、鮮花、剪刀、尺與鏡子。竹椅隨著歌聲咿咿呀呀地搖晃著，在歌聲消失的那一瞬間不見蹤影。

是陳浩平的故事召喚出來的。聽剛剛那首歌，鐵木就知道是椅仔姑，那是民間呼喚椅仔姑的歌謠；眞厲害，另一位能占卜的神怪就這樣被他召喚到了，鐵木自己也不敢相信，他竟有這麼信賴陳浩平的時候。

羅雪芬和程煌裕湊向陳浩平，林孟棋也往那裡走去，似乎要討論該問什麼問題。但陳浩平抬手阻止了所有人，目光直視沈未青，竟沒討論的打算。

「我問妳，那個造成時間回溯的人，能直接看到我們的行動嗎？」他問。

「可以。」沈未青毫不猶豫。

「……我明白了。」

爲何問這個問題？鐵木等著他向大家解釋，但他似乎不打算這麼做。爲何他要問能造成時間回溯的人——這時，鐵木猛然想起一件事。

爲何現在時間還沒回溯？

要是沈未青沒說謊，就表示在她以外，有個不斷進行時間回溯的傢伙。現在他們已經意識到時間回溯，也視這個能將時間回溯的人爲大敵，那這傢伙根本不該讓大家繼續討論，應該直接回溯吧！本來鐵木跟林孟棋要揭穿「犯人」時，就已有心理準備——時間隨時會回溯。但只要在接下來的無數次重複中，他們都努力揭穿犯人，總有一天他們可以擺脫犯人的控制。

不過，陳浩平連那個人能不能直接看到大家這種事都問出來了，爲何這件事還沒發生？如果那個人還不知道事情已經變成這樣就算了，畢竟，要是他無法觀察這個異空間裡發生的事，當然也就不知道何時該回溯，但沈未青卻回答「可以」。

或許陳浩平也是擔心問得太直接，像是「是誰造成了時間回溯」，會刺激到那不知名的傢伙，才問了這不上不下的問題。但早在這個問題出現前，那人就該回溯了。是要滿足某種條件才能發動時間回溯嗎？或是發生了什麼事，讓那個人不得不暫時允許這個時空繼續前進？

雖然也可能是沈未青說謊，但說謊毫無意義，鐵木不覺得是這樣。不過，既然沈未青說「可以」，而不是「不知道」，就表示她對那傢伙不是一無所知囉？她知道是誰在讓時間回溯嗎？鐵木看向她。

這時陳浩平打了個響指，中斷鐵木思緒，只見椅仔姑出現在陳浩平的座位後方，緩緩向上浮起了些許距離。他居然立刻就使用椅仔姑的能力。

「椅仔姑可以問四個問題，會以敲擊的方式回答。」陳浩平簡短地解釋。

只能問四個？鐵木皺眉，和希利克鳥相比，能問的內容太少了吧？但一聽到陳浩平的問句，鐵木就意識到未必真的太少。

「第一個問題，沈未青先前的兩次回答說的是實話嗎？都是實話就敲一下，都是謊話就敲兩下，第一個實話、第二個謊話敲三下，反之則敲四下。」

「咄。」一下。

都是實話，桌邊響起幾個明顯的吸氣聲。

「造成時間回溯的是土辦方或主辦方的共謀嗎？是前者的話敲一下，是後者就敲兩下，以上皆是敲三下，以上皆非敲四下。」

竹椅在空中盤旋了一會兒，終於敲到了地面，也一下下敲在眾人的心上——

「咄、咄、咄、咄。」

怎麼可能。

鐵木目瞪口呆。雖然他也考慮過這個可能性，但直接用占卜證實這件事，還是讓他感到不敢相信——時間回溯居然真的跟主辦方無關！

「怎麼回事？不是主辦方，還有誰能夠做到時間回溯？」施俐宸震驚地喃喃自語。這確實是重大的謎團，難道說，在儀式的參與者跟主辦方之外，還有第三方勢力介入，用他們的力量影響儀式？

「陳先生，第三個問題可以讓我們來問嗎？」林孟棋擔憂地蹙起了眉頭。

「不要。妳想問問題，自己召喚妖怪不就好了？」

林孟棋咬著下唇：「陳先生，現在情況很危急，我有馬上需要確定的事！現在我們已經知道造成時間回溯的人不是主辦方，而且他能直接觀察我們，這是我們好不容易才知道的事，卻可能轉眼就忘掉，回到最開始！我的意思是，我們應該要做長期抗戰的準備——要在接下來的無數次時間回溯中，找出對付那個人的辦法。因此，我想知道有沒有辦法保住我們的記憶，如果椅仔姑說我們可以保住的話，那就是我們的希望！」

「妳話說到這份上，時間都還沒有回溯，我看這也不是多緊急的事嘛。」陳浩平冷笑，「我告訴妳吧，在我把四個問題用完前，椅仔姑不會消失，所以我不急，想保留下來用。妳想看看，就算椅仔姑說有這樣的方法，具體的細節，妳還是要問沈未青不是嗎？難道妳不想把椅仔姑保留下來，讓祂確認沈未青有沒有說謊？我可沒天眞到以爲她不會在眾多實話中夾雜一、兩個謊言喔。」

林孟棋本來還想說什麼，但最後放棄了：「……也是，現在時間還沒回溯，或許是那個人有信心，就算沈小姐說出口，這次儀式也絕對無法達成吧？要不然，就是他有信心沈小姐會說謊；就算她不是造成時間回溯的人，也不表示她跟那個人不是同一陣線的。」

她默然坐回自己的椅子，看著她有些落寞的樣子，鐵木有些憤慨。剛剛他還覺得陳浩平可靠，現在卻不這麼想，這個人還是只做自己想做的事，完全沒打算配合其他人嘛！而且，林孟棋提出的問題確實重要，不是嗎？明明知道林孟棋已退出，卻還叫她去召喚妖怪，未免太過分了。鐵木看向沈未青：「沈小姐，事到如今，我們已經知道妳不是造成時間回溯的人，那妳何不把一切說出來？我們可以一起度過難關，離開這場儀式啊！」

沈未青呼吸像是暫停了一秒，但她看向他，緩緩開口。

「要問我問題，就召喚妖怪。」

「有什麼不可以說的？難道妳就是在等時間回溯，想在下一場儀式中獲勝？那也太自私了吧！」

鐵木終於忍不住憤怒拍桌，但沈未青臉色不變，沒有笑容，也沒被嚇到；她的態度超然於一切。

「請繼續召喚妖怪。」

鐵木氣到發抖，想站起身，但施俐宸攔住他：「不用浪費時間與力氣，她就是這種女人。」

雖然滿腔憤怒，鐵木也不打算真的動手打人。好吧，既然沈未青要他們召喚妖怪，那召喚到妖怪就沒問題了吧！既然她打算迴避這問題，那鐵木下定決心了，他一定要召喚到妖怪，幫林孟棋問出關鍵的問題。

竹椅仍留在陳浩平背後，儀式繼續。接下來是羅雪芬，沒有動靜。程煌裕，沒有動靜。再來輪到鐵木，這次他沒馬上開口，琢磨著前兩個人說的故事，以現在的情況，有可能在自己說故事時召喚到妖怪嗎？

……他想到一個可能。

不過，嚴格上說，那不太算妖怪。就是他跟江儀說過的毒眼巴里。雖然他可以講出最後的故事元素，但可能只是白費力氣，毒眼巴里可能不被視爲妖怪。但除了毒眼巴里外，他實在想不到有哪個妖怪是馬上就能召喚出來的。剛剛陳浩平也說過，連希利克鳥都能召喚出來，這個儀式對「妖怪」的定義未免太寬鬆；衝著這句話，鐵木決心一試。

「你在等什麼啊？」陳浩平不滿地催促。

「我在想啦！」鐵木敷衍他，接著打起精神，講了個泰雅勇士擊退了噶哈巫族女巫的故事。才剛說完，一名閉著雙眼、穿著排灣族服飾的少年便出現在他身邊。成功了！鐵木大喜，少年的身分與能力流進了鐵木腦海，但他完全不在意，現在，他只想馬上向沈末青發問。

「好，我召喚到了！我要問的問題是——」

「等一下。」程煌裕忽然出聲阻止，「鐵木，你召喚到的是？」

「喔，他是『毒眼巴里』，能力是……」

「等一下！」程煌裕忽然厲聲阻止他。鐵木嚇了一跳，不瞭解他的態度爲何然這麼強硬；程煌裕環顧眾人，嚴肅到氣溫彷彿下降了一、兩度，「各位，我有個提案，希望大家能配合。這很重要。從現在開始，除了陳先生已經叫出來的椅仔姑外，請大家不要再使用妖怪能力了。只要有任何人使用妖怪能力，妖怪就會現身，這時，請鐵木立刻用毒眼巴里的能力殺死那個妖怪，不讓妖怪發動能力。鐵木，沒問題吧？」

「咦？」鐵木嚇了一跳，一時不知該怎麼回應。

「沒錯吧？毒眼巴里有殺死其他妖怪的能力。」見他沒回答，程煌裕追問。

鐵木回想剛剛流進腦中的資訊：「欸……差不多，雖然不是殺死，但確實能強制妖怪離開，中斷其能力。不過，爲什麼……」

「各位請聽我說。我再重複一次。」程煌裕雙手伸向前方，像在勸架一樣，彷彿現場有兩個勢力一觸即發，下一秒就要抽出刀子砍人，「絕對不要使用妖怪能力。大家同意吧？一有妖怪出現，鐵木就不要猶豫，立刻用毒眼巴里的能力殺掉。」

這是怎麼回事？爲何氣氛跟剛剛完全不同？程煌裕嚴肅謹愼的樣子，簡直就像一名拆彈員。有什麼事不對，鐵木忽然意識到情況嚴重，但自己完全沒跟上；他有些慌張地看向林孟棋，護理師一接觸他的視線，就像被燙到一樣，連忙低下頭。

「我是沒意見。」陳浩平高聲說，「但我想知道你爲什麼這麼要求？」

「我馬上就會解釋。但我要特別提醒鐵木，」程煌裕望向泰雅青年，「鐵木，你有阿里嘎該對吧？」

「嗯……」

「要是沒有你的意志驅使，阿里嘎該就不會使用能力，對吧？」

「對。」

「那麼你特別注意，要是你沒有驅使阿里嘎該，祂卻忽然現身了，不要猶豫，立刻殺了祂。」

咦？他到底在說什麼？不可能有這種事啊！鐵木正要說話，程煌裕已搶著說：「雖然鐵木你沒講，但阿里嘎該確實有時間回溯的能力吧？事實上，現在將我們困在無限迴圈中的，正是阿里嘎該的能力所致！你明白了嗎？要是阿里嘎該出現，那不是你控制的阿里嘎該，你要立刻殺掉祂，阻止回溯。」

鐵木腦中轟然一響！確實，阿里嘎該是有這個能力，但程煌裕怎麼知道？當時他並沒有解說啊！不過，比起那個，程煌裕說的情況根本不可能發生！因爲……

「等等，不可能吧？」施俐宸替鐵木說出他的想法，「根據儀式規則，『妖怪被召喚出來之後，在使用而消失以前，無法再次召喚』，既然現在阿里嘎該在鐵木手上，就不可能有另一個阿里嘎該啊？更何況，除了他以外，我們根本沒看到任何人召喚阿里嘎該。」

「就這次的『說妖』儀式來說，是這樣沒錯。但要是『說妖』儀式已經結束過一次了呢？」

已經結束過一次？什麼意思？忽然間，鐵木心裡浮現一個不安的可能，但他一時沒辦識出那是什麼，只有恐懼感如復仇的厲鬼，掐住他脖子，讓他難以呼吸。程煌裕的聲音在房間裡迴響。

「就像沈小姐說的，這場儀式是可以結束的。要是那次儀式的勝利者選擇了阿里嘎該，再用阿里嘎該的能力將時間回溯，回到說妖儀式開始的時間點，就會多出一位處於規則外、無法察覺到的阿里嘎該。而且作為儀式的獎勵，也不會僅用一次便消失，這點，上次『說妖』儀式的勝利者應該很清楚吧？林孟棋小姐。」

簡直像無聲的炸彈。

所謂「一根針掉到地上的聲音都聽得見」，指的就是現在這種情況。雖然所有人都看向林孟棋，卻沒人說話，就連呼吸聲都消失了。林孟棋大夢初醒，她抬起頭，有些激動。

「等一下，怎麼可能是我？剛剛希利克烏不就證明了嗎？只有沈未青有時間回溯前的記憶啊！要是我用了阿里嘎該的能力，怎麼可能沒有回溯前的記憶？」

「是啊，這說不過去。」江儀點頭同意。

「確實。那時我也忍不住懷疑，該不會某人跟我說的那些話都只是一場聰明的騙局吧？不過我也很在意，為何妳不問『我有沒有先前儀式的記憶』，而是說『有先前儀式記憶的是林孟棋嗎』。乍聽之下，妳是平等地對所有人都用全名稱呼，這也可以解釋成謹慎，但不用『我』還是太不直覺了。後來想想，這很簡單，只要妳不是林孟棋即可。」

「不，不是的！我眞的是林孟棋——」

「椅仔姑，提問，」陳浩平打了個響指，他指向林孟棋，「這個自稱是林孟棋的女人，眞的是林孟棋嗎？是的話敲一下，否的話敲兩下。」

竹椅像是在嬉戲般地轉了一圈，著地。「咄、咄。」清脆響亮，有如法官敲下法槌般的聲音，就這樣落在眾人心裡。林孟棋張著口，說不出話，頹然坐下。鐵木呆呆地看著她。

「原來如此，原來如此啊。」陳浩平拍著手，皮笑肉不笑。

「終於……我終於做到了。」沈未青忽然仰頭，猛然鬆了口氣，就像是脫下纏身多年的枷鎖。羅雪芬走到她身旁，安慰般地摟住她肩膀，沈未青則輕輕將頭埋進羅雪芬手臂間。她用跟之前完全不同的語氣與態度說話：「我也是直到現在才終於明白，明明這場儀式是設計成參加者能解決彼此的難題，爲何事情最後會變成這樣？但妳不是林孟棋，我就明白了，妳想解決的問題跟林孟棋不同，偏偏又是讓妳得到阿里嘎該……」

林孟棋沒回答。不，這個人不是林孟棋。鐵木感到一團混亂，他的腦袋彷彿理解了，但心情卻還沒完全接受；他想起在廚房裡，這人溫柔和藹的笑容，她手心的溫度，還有提到時間回溯時，她眼裡閃爍著美麗的覺悟光輝。

那是演的嗎？還是其中有著眞實？鐵木不知道。

他對這人一無所知。她說自己是護理師，哪些是眞的？哪些是假的？她眞的有沉迷於新興宗教的姊姊嗎？這個人到底是誰，她爲何參加說妖儀式，又有何目的？

她就像一個巨大的謎團——可怕的謎團。鐵木在她身邊，只要伸出手就可以鼓勵她，但他卻情不自禁地將椅子往旁邊退了些。聽到這聲音，長髮女性肩頭顫動了一下，但她沒說話，也沒做任何動作。

「……我現在大概明白了。」江儀不安地用手指將耳邊的頭髮往後梳，「在我沒注意到的時候，好像有很多事發生了。羅小姐跟程先生，你們兩位就是沈姊姊的盟友吧？我自認爲有小心地在觀察大家，但兩位都沒長時間跟沈姊姊交談過，你們要是沒有回溯前的記憶，是怎麼成爲同盟的？」

「是燈猴的能力。」沈未青露出笑容——這次卻不是神祕的笑，而是帶著疲倦、好不容易解脫了的神情，「我也是第一次召喚到燈猴，運氣眞是太好了。燈猴有告密的能力，能讓我偷偷跟人對話。」

果然，鐵木心想，她隱藏了燈猴的能力。原來對決從那時候就開始了——不，等等，這場對決到底持續了多久？越是思考，鐵木就越驚駭於這海面下的暗潮有多麼洶湧。

「她最初是找上我。」羅雪芬說，「我在廁所時忽然聽到聲音，差點嚇死了，還以爲馬上就要被妖怪殺害；最後居然死在廁所，又不是《黑色追緝令》中的約翰屈伏塔……臨死前我居然在想這種無聊事。幸好沈小姐馬上就說明是怎麼回事，我才沒反應過度。」

原來羅雪芬在廁所裡差點打翻東西是這麼回事！鐵木心想。

「羅小姐怎麼會相信？要是我的話，一定會懷疑這個人是不是要利用我。」江儀問的同時，也瞄了程煌裕一眼。

「她說了某件只有我才知道的事……過去她就已經用這件事取信於我了，所以她很清楚這能說服我。同時，她也告訴我能夠取信於程先生的關鍵字。」

程煌裕苦笑：「聽到那個字時，我還眞不敢相信。我絕對不會告訴任何人。但我很清楚，如果那是未來的我給自己的訊息，我確實會選擇那個字。所以我沒有懷疑。」

原來如此，那時羅雪芬特別來找程煌裕說話，就是要講這件事。

「等一下，我現在還沒搞清楚，」施俐宸臉色很難看，他指著沈未青，「所以，妳，早就知道有人能回溯時間，而且回溯時間的是誰？那妳爲何不直接跟大家說？」

「當然不可能說吧，因爲擁有記憶是能對付時間回溯的唯一機會啊！」江儀說。

「什麼意思？」

「你想，爲何直到剛剛，沈姊姊跟羅小姐、程先生才忽然採取行動？因爲鐵木召喚了毒眼巴里。這是現在唯一能『中止妖怪使用能力』的方法吧？要是沒有這件事，不管沈姊姊說什麼，我們有多團結，只要時間回溯，就全都煙消雲散了。」

「是的，時間回溯最可怕的地方，就是可以只留下想要的結果。雖然各位沒有意識到，但在我們走到這一步前，已經回溯過幾次了。」沈未青說。

多可怕的力量！鐵木想，他自己召喚的阿里嘎該只能使用一次能力，還沒什麼感覺，但若沒有次數限制……沈未青在暗中對抗的，究竟是何等可怕的存在！

「而且，在此刻之前，沈小姐也不可能將自己有先前記憶的事公諸於世，至少不能在林小姐面前說。」羅雪芬說，「要是沒人記得過去的事，那林小姐就能為所欲為了，沒人能阻止她。但就算記得過去的事，沈小姐也沒有對付她的辦法，像剛剛說的，只要時間回溯，所有的努力就都徒勞無功，所以她只能等待機會。要是林小姐發現她能記憶過去的事，特別提防她，她成功的機率就更低了。」

「說到這個，我不瞭解，為何林小姐要主動提起有時間回溯這回事？對她來說這不是很危險嗎？」鐵木問，他看著身邊的女人，但她甚至沒看他，也沒回應。她像是縮到一個殼裡，不想理會外面的世界，這可憐的樣子，讓鐵木想安慰她，但他才抬起手指，就放棄了。他無法對欺騙過自己的人伸出援手。

「哪裡危險？只要時間回溯，就等於沒說。」

「但她提這件事的時候，已經知道有人有過去的記憶了吧？所以這件事不可能變成完全沒發生過吧？」鐵木說。沒錯，雖然那時這女人懷疑的是羅雪芬，但猜到這一點時，她無疑大受動搖。

「即使有人記得，也無法證明啊。這時像我這樣疑心病重的人，就很好利用。」江儀說，「不過你說的沒錯，這至少證明對孟……對她來說，知道誰有過去記憶是很重要的事，要是不在意的話，直接時間回溯就好了。而且知道後，她也沒有直接時間回溯，大概是還有想知道的事吧？」

「就是那個……爲何能夠擁有過去記憶嗎？」施俐宸喃喃自語，「她好像一直很執著於這個問題。」

「八九不離十。」陳浩平冷笑，「居然還想說服我把一個問題用掉，簡直把我當白痴。」

原來如此，鐵木心想。她透過希利克鳥揭發沈未青時，說了一句「終於找到妳了」，原來是這個意思——當時鐵木就覺得「終於」兩個字未免太誇張，有種千辛萬苦的感覺，但或許眞的是這樣。或許她早就懷疑有人記得，直到那一刻才證實。某種意義上，那句話稱得上宣戰吧？是魔王對勇者的宣戰。就在勇者還隱姓埋名，尋找著能消滅魔王的聖劍時，就被魔王找到了。

這是一場持續已久，圍繞著兩人的戰爭。

「幸好她還有想知道的事，不然我們就無可奈何了，」程煌裕說，「畢竟她提議用希利克鳥占卜，完全擾亂了計畫。」

鐵木身旁的女子肩頭顫動了一下，她在想什麼？現在大家都將她當成敵人，而她臉上僅有的表情，就是低著頭時落下的陰影。

「你還這麼說，當時你居然站在她那邊，支持調查誰有之前的記憶，嚇死我了。」羅雪芬埋怨。

「別怪我，任務就是這麼分配的。」程煌裕無奈地抬起手，「那時要是我維護沈小姐，就會引起林小姐懷疑，接下來就麻煩了。況且，既然她也有記憶，我覺得未必不是個機會。妳看，也多虧她用這種手段，我們才發現她不是林孟棋。」

「程先生的任務是什麼？」江儀好奇地問。

「我來解釋吧，」沈未青重新坐好，聲音比之前講話時高昂了些，「我請雪芬姊拜託程先生保持中立，但在知道眞相的前提下，適時地掩護我。我眞的很感謝他，要是他沒幫我擋住那個問題就糟了。如果我不得不說謊，又在召喚出毒眼巴里前被妖怪拆穿，接下來可能會很麻煩。」

「喂！擋住那個問題的還有我喔。」陳浩平指指自己。

「啊眞抱歉，謝謝陳先生。」沈未青燦笑。不知爲何好像不怎麼有誠意。

「妳不用謝，這是妳自己的努力。」程煌裕說，「不得不質疑妳的時候，我也曾擔心計畫會不會落空，但妳提出用召喚妖怪來換取答案，靠自己的力量將局勢引導回原來的計畫上，我深感佩服。」

「哪裡，要是沒有程先生主導大家發言，這是不會成功的。第一次儀式結束後，我們在外面也經歷了許多，每次到最後，程先生都能站在領導位置引領大家討論，這次果然也是……謝謝你。」

沈未青的表情閃閃發光。

眞不可思議！鐵木想，現在的她簡直就像普通女性。這才是她眞正的性格嗎？即使從旁邊看也明白，她跟羅雪芬、程煌裕之間有種不可思議的聯繫，明明對後面兩位來說，他們只是初次見面，但他們卻僅靠燈猴的一次傳話建立起緊密的關係，難道這也是既視感——是回溯前的記憶將他們連在一起嗎？

程煌裕有些不好意思地笑著。對於自己也不記得的事，他終究無法坦率接受讚美。這時自稱林孟棋的女人忽然抬起頭，聲音有些微弱：「妳說每次討論到最後？我怎麼不知……」

忽然間，她露出恍然大悟又有些心碎的表情。

「原來如此。因為妳記得，所以是私下找大家討論吧？阻擾我的那些事也是妳做的。原來都是妳……都是妳……」她聲音很小，但鐵木在旁邊，卻聽得一清二楚。那與她自稱是林孟棋時的語氣完全不同，是帶著憔悴、悲傷、憤怒、理解，多種情緒雜揉在一起的聲音，令鐵木心痛。

沈未青沒回答。羅雪芬緩緩開口：「能在這一次成功阻止妳，真是千鈞一髮。畢竟，我跟沈小姐討論時，最怕的就是時間回溯。我們都知道，這或許是最有機會擊敗妳的一次迴圈。」

「為什麼這麼說？」鐵木問。

「因為這是她在重新召開的儀式中，第一次退出。至於為什麼……我大概瞭解，」沈未青苦笑，「進行這麼多次，她也累了吧。可以的話，我也想休息，但要是行動與前幾次明顯不同，就會被懷疑，所以不行。不過她退出儀式，至少可以確定她無法召喚到其他妖怪，所以我想，一定就是這次了，要是這次還不行，我也不想繼續了……」

自稱林孟棋的女性抬起頭，對上沈未青的視線。她在想什麼呢？是沈未青說對了，感慨於她確實理解自己嗎？還是——

羅雪芬安慰性地按著沈未青肩膀，幫她說下去：「那時我就跟她說，要避免時間回溯，只有一個辦法，就是有讓她留在這條時間軸上的理由。所以我主動接近林小姐，向她暗示我有一些之前沒提過的線索。」

「原來如此，就連那個也是騙局嗎……」自稱林孟棋的人露出自嘲的笑。

「也許是騙局，也許是眞的。只是在這條時間軸上，我無論如何也不會告訴妳，畢竟這是讓妳停在這條時間軸上的唯一辦法，要是說了，妳就沒有牽掛了。」

對方低下頭，不再理會她。這時江儀吸了口氣：「原來如此，我終於明白了，沈姊姊要求大家用召喚妖怪換回答的原因。」

多數人看向她。

「沈姊姊這麼做，有兩個用意。其中一個是要將自稱林孟棋的姊姊留在這條時間軸。剛剛羅小姐說過，她要用情報去引誘對方不發動時間回溯，但在發現沈姊姊有過去的記憶時，這就不重要了。因此，沈姊姊才要求以召喚妖怪換取答案，引誘她向自己發問，把自己當成她留在這條時間軸的原因；與此同時，沈姊姊之前問過陳先生殺死妖怪的妖怪的事，鼓勵大家召喚，就是爲了等待毒眼巴里出現！」

「妳眞聰明，正是如此。」程煌裕稱讚江儀，「任何人都可能召喚出毒眼巴里，聽來風險很大，但七個人中只要由我們三人召喚出就成功了。就算是其他人召喚出來，只要是能溝通的對象，也算我們贏。至少，絕對不會是由已經退出儀式的人召喚出來，所以我們非得在這次達成目標。」

原來如此，鐵木想。這麼說來，自己就接在羅雪芬、程煌裕後面，剛好由自己召喚出毒眼巴里，不算偶然。

「看來一切都明明白白了。」江儀看著程煌裕說。

「是啊，一切都明白了，只差最後的問題。」程煌裕點點頭，緩緩看向鐵木身邊的女性，「這位自稱林孟棋的小姐究竟是誰？又是爲了什麼原因，她才要將我們困在說妖儀式的迴圈之中？小姐，可以請妳告訴我們嗎？」

所有人望向這名女性。

她簡直像被視線拷問著，但片刻後，她放棄般地嘆了口氣。

「……眞厲害，沒想到事情會變成這樣。我認輸了。你們問的是個很長很長的故事喔，不如邊吃東西邊說吧。我之前有把魚拿出來退冰，應該可以下鍋了。」女子再度抬起頭時，綻放出鐵木熟悉的溫柔微笑。這又是鐵木熟悉的林孟棋了。

「等一下，妳以爲我們會讓妳進廚房嗎！」江儀站起身，厲聲警告。

「我也無處可逃吧？儀式不結束，就連我也無法離開這裡。要是怕我讓時間回溯，你們讓鐵木盯著我不就可以了？放心吧，我不會逃，只是需要一點時間，讓我做好心理準備。」

她說著便站起來，走向廚房。

「鐵木，你去看著她。」程煌裕說。不用他說，鐵木也知道那是自己的任務；要是這時自己一個沒看好，讓她將時間回溯，自己可就是萬死不辭的罪人了。

雖然看來順利，但要是再度時間回溯，他們就會忘掉一切。更糟的是，這個人已經知道沈未青的身分，也知道羅雪芬跟程煌裕可能幫助她。絕不能讓至今爲止的一切功虧一簣。

即使鐵木對她不無憐憫。隨著她往廚房時，他與她在廚房對話的回憶，有如跑馬燈般閃過他的腦海。

廚房的砧板上確實放了一條退好冰的魚。

「希望你喜歡煎魚，鐵木。我可是很擅長的喔。」女子看似開朗地說。她將油倒進不沾鍋，打開瓦斯爐加熱，熟練地擺動鍋子，讓油均勻地在裡面流動。

江儀一聲不吭地走到鐵木旁邊。看來她還是不放心，要來監視她。

「……為什麼？」鐵木問。他還是很難想像這個人騙了大家。不，她當然騙了大家，但她為何這麼做？他們這些人幾乎不認識彼此，除了少數幾人，都是萍水相逢，為何她要把大家困在這裡？

他很難想像這個人是出於惡意。但讓大家陷於迴圈之中，毫無疑問是邪惡的。

「為什麼呢……好問題。」她開朗的聲音中有些苦澀，「也許你不相信，但其實我也不知道。或許是除此之外，我想不到其他辦法了。」

「什麼意思？」

「眞不知該從何說起……不過，就算鐵木知道了又如何？這一點都不重要。」

「不，至少對我來說，要是有理由，我就能諒解過去發生的一切。」

女子轉頭看著他，露出看穿一切的笑。

「但我不需要誰來諒解啊。而且你又不知道我之前做了什麼，隨便諒解你不記得的事，會不會太不小心了呢？」

「我只是覺得，妳不像是壞人。」

「我也不覺得自己是壞人。」

「那麼……」

「鐵木，」女子輕輕擾動鍋子，裡頭開始發出沸騰聲，「其實你根本不用急，我說過了，等一下我就會說明。我只是需要點時間煎個魚。」

她站在廚房裡的樣子，實在太寂寞了。鐵木有點心痛。

「至少告訴我妳的名字吧。如果妳不是林孟棋，那妳到底是誰？」

鐵木有種奇怪的感覺。這個有如謎團般的女人，要是有一個名字的話，她就會成爲眞實的人物，而不是那麼遙遠的邪惡存在。長髮女了嘆了口氣，回過頭，勉強擠出微笑。

「你還是叫我林孟棋吧。可以的話，我是希望能過著林孟棋的人生的……」

「林小姐。」

「嗯。鐵木。幫我拿那罐鹽好嗎？就在旁邊，我要抹在魚皮上。」

「等一下，」江儀插進來說，「我來拿。鐵木，你好好盯著她。」女高中生快速走過去，將鹽罐遞給女子，馬上退開。女子笑著說：「謝謝妳啊，江儀妹妹。不過妳還眞的是戒心很重啊。」

「妖怪不能傷人，還眞是謝大謝地，不然我也不敢接近妳。」

「妖怪不能傷人，可是在儀式中喔，妳眞的以爲勝利者帶走的妖怪連傷人都做不到嗎？」女子笑著說。江儀臉色有些蒼白，但女子悠悠地說，「開玩笑的。放心吧，現在傷害妳也不能怎樣。」

她在魚身上撒了大量的鹽，接著洗手，將鹽細細地抹勻。魚被翻了個面，又被撒上大量的鹽。女子又洗手，擺動鍋子，確定裡面的油夠熱了。

「鐵木，你剛剛問我爲什麼這麼做對吧？」她伸出一隻手放在鍋子上方，測試溫度。

「嗯。」

「這個問題，何不去問問未來的你們呢？」

就在她露出怨毒表情的同時，熱騰騰的油化作金黃色的弧形，在一秒不到的時間內淋到鐵木身上。「嗤嗤嗤」的聲音響起，那是高溫油脂接觸到物體發出的聲音，白色的蒸氣也從鐵木身上冒出。江儀發出尖叫，鐵木也發出痛苦的哀號。

「啊啊啊啊啊——」

好痛！好痛！太痛了！鐵木痛苦地舞動雙手，並因腳底的油失去平衡，滑倒在地，重重撞上他的屁股和頭；但即使在這時，強烈的劇痛占據他心靈，他內心一角還保留著小小的位置來理解現況。

他領悟到，一切都結束了。

什麼都看不到。熱油撲上他的顏面與前胸，劇痛使他無法睜開眼睛，既然看不到妖怪，就無法用毒眼巴里的能力驅除；那女人就在前面，但世界卻離他如此遙遠。他不禁質問自己，爲何自己這麼天眞，居然還想要相信她？最後她語氣怨毒的口吻，才是她眞正的心情吧？未來的自己到底做了什麼事，讓她決定用這種手段對付他們？

他們或許永遠無法知道答案了。

時空從混亂、躁動中凝結，阿里嘎該發動時間回溯，抹消了一切。

《說妖》卷一・完

妖怪檔案：阿里嘎該

傳說在美崙山上，曾住著巨人阿里嘎該。祂們有著貓一般的眼睛，皮膚白皙，長鬚長毛，且會使用各種神奇的法術。

剛開始，阿美族人與祂們和平共處，然而沒多久，便發生了幾起不可思議的事件，令族人不堪其擾。比如：母親發現自己還在襁褓中的孩子內臟被吃空，一問才知道有個長得與自己一樣的人曾經接過孩子餵奶；或是妻子發現天色莫名暗得很早，自己丈大提早回家，與其用餐行房後，自己的丈夫才又「回家」。

種種事件讓阿美人決定反抗，在數次戰鬥未果後，頭目得到海神託夢，最終以蘆葦製成的法器「布隆」獲得勝利。但阿美人沒有趕盡殺絕，阿里嘎該於是承諾，只要阿美人每年定時準備祭品祭祀，祂們就會保證來年漁獲豐收，之後便走進太平洋離開。

據說海水只淹到祂們的腳踝。

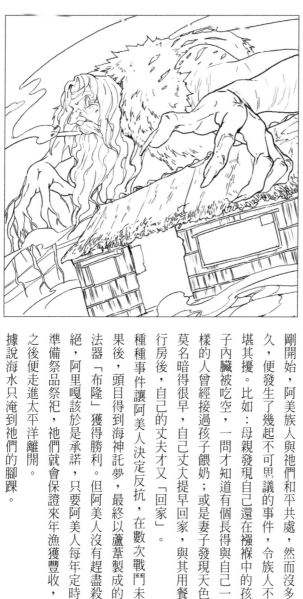

後記

稿件交出去之後，眞是鬆了一口氣。《說妖》又順利地踏出了它的下一步，從無到有，從桌遊到小說。未來，它還會延伸到其它的媒介上面，呈現各式各樣的精彩故事。我們的夢在一步一步實現。

這一切都起源於去年暑假。那時候，《唯妖論》的文字部分已經完成，我們便也開始思考，要將蒐集到的這些臺灣妖怪資料做怎麼進一步的應用。在閒談當中，製作一個「大家輪流說靈異故事召喚臺灣妖怪的桌遊」的想法便冒了出來。

設計機制的過程很辛苦，是無數次的推翻重來，是數不盡的測試與修改，是對末班車時間的熟悉。但我們一直堅持著最初的想法，想要設計出一個既會讓人想反覆遊玩，又能幫助大家認識臺灣妖怪的遊戲。我想，我們是成功的。

除了機制以外，我們也在角色與故事上花了許多心思。一方面是希望盡可能地發揮我們的長處，另一方面則是希望玩家遊玩時，能有更多的代入感。不只是機制，它還要有氛圍，要有故事，要有謎團。就在設計桌遊中八個角色背景的過程中，《說妖》的整個世界觀與整體故事也逐漸成形。

這本小說便是起源於此，起源於八個參加說妖儀式的角色。但它並不是桌遊的延伸周邊，它是一個獨立完整的故事。就算使用了相同的角色與故事背景，沒玩過桌遊也不會對小說閱讀造成任何障礙。《說妖》未來的其它作品也會是如此，各自獨立，卻又彼此關連。而在這些關連之中，蘊藏著更多的樂趣。

在創作小說的過程中，角色的形象逐漸豐滿起來。我們暢想著，他們是抱持著什麼樣的心態去對待彼此，在進來之前與離開之後又過著什麼樣的生活，是否有著什麼樣的交集。而在這樣的劇情中，這些角色又要如何展現自己的性格，做出什麼樣的應對。

因爲這八個角色是不同人各別設計的，所以在揣摩角色有疑問，該角色的設計者又不在場時，我們也會擅自揣測設計者的想法，甚至直接代入設計者的個性去寫，回頭再去詢問這樣寫是否可以。偶爾在討論中，甚至還會直接用角色的名字去代稱設計者。若是有外人在場，大概會覺得這場面十分荒謬好笑吧。

這次合寫的過程是全新的經驗。雖然一開始就討論好了大綱，但在各自寫稿的時候，往往靈光一閃，想到比大綱原定內容更好的表現方式，就按照這個想法繼續寫了下去，加上各自對於角色個性、角色關係的詮釋也不盡相同，最後把稿子拿出來一看，就也只能再回頭細細修改。雖然耗費了大把時間，但看到激盪出的那些精彩表現，卻又覺得好像值得。不過，我們未來應該還是會回歸一人主筆的方式進行創作。

能夠出版這本小說，眞的很感謝蓋亞的支持，編輯們認眞而耐心地和我們討論各項細節。除此之外，也感謝我們《說妖》系列的經紀代理內容力有限公司，幫我們爭取資源。當然，最感謝的是工作室所有人的支援，以及在《說妖》募資期間與正式上市後支持我們的大家。我們會繼續努力下去。

臺北地方異聞工作室

說妖

預告

在時間回溯之前的那個未來，到底發生了什麼事？
「林孟棋」的眞實身分又是誰？
她發起時間回溯究竟是爲了什麼目的？

已經建立起的羈絆、已經達成的目標、
那些或快樂或痛苦的時光，都隨著時間回溯而消散。

沈未青有時候會想，爲什麼是她記得？
「林孟棋」有時候會想，這一切是否值得？

但她們都無法放棄。

因爲她們是挽回這絕望未來的唯一希望。
只是一人的希望在另一人眼中會成爲絕望。

而這，就是一切糾纏的開始。

《說妖》卷二，預定於二〇一八年春出版

說妖

卷一

無明長夜

國家圖書館出版品預行編目資料

說妖／臺北地方異聞工作室著. -- 二版
. -- 臺北市：蓋亞文化, 2025.02-
冊；公分. --

SBN 978-626-384-172-7（平裝）

863.57　　113020788

故事集 039

作　　者　臺北地方異聞工作室
小波（第一章）、清翔（第二、五章）、
長安（第三、四章）、瀟湘神（整體修改）
插　　畫　Nofi
裝幀設計　莊謹銘
總 編 輯　沈育如
編　　輯　章芳群
出　　版　蓋亞文化有限公司
地址：台北市103承德路二段75巷35號1樓
電話：（02）25585438　傳眞：（02）25585439
臉書：www.facebook.com/Gaeabooks/
蓋亞讀樂網：www.gaeabooks.com.tw
服務信箱：gaea@gaeabooks.com.tw
投稿信箱：editor@gaeabooks.com.tw
郵撥帳號：19769541　戶名：蓋亞文化有限公司
法律顧問　宇達經貿法律事務所
總 經 銷　聯合發行股份有限公司
地址：新北市新店區寶橋路二三五巷六弄六號二樓
電話：（02）29178022　傳眞：（02）29156275
港澳地區　一代匯集
電話：（852）27838102　傳眞：（852）23960050
地址：九龍旺角塘尾道64號龍駒企業大廈10樓B&D室
二版一刷　2025年2月
定　　價　新台幣 290 元
Published and printed in Taiwan.

GAEA
ISBN／978-626-384-172-7

贊助單位：文化部